W0376652

Verlag
Michael
Weyand

Mischa Martini

EXIT MOSEL

Mischa Martini

EXIT MOSEL

Verlag
Michael
Weyand

© Verlag Michael Weyand GmbH, Friedlandstr. 4, 54293 Trier,
www.weyand.de, verlag@weyand.de
www.mischa-martini.de

Alle Rechte vorbehalten. Kein Teil des Werkes darf in irgendeiner Form ohne schriftliche Genehmigung des Verlags reproduziert oder unter Verwendung elektronischer Systeme verarbeitet, vervielfältigt oder verbreitet werden.

Dank für Lektorat und Anregungen:
Gabriele Belker, Dr. Hans-Joachim Kann, Dr. Christian Kraler,
Bernhard Seibel, Michael Schönhofen, Peter Vollmer, Anna Lena Weyand

Satz: Verlag Michael Weyand GmbH, Trier
Druck und Bindung: CPI books GmbH, Leck
Titel: Bob, Trier

ISBN 978-3-935 281-80-5
1. Auflage Oktober 2010

Personen und Handlungen
sind frei erfunden.

Ähnlichkeiten mit
Verhaltensweisen von Menschen
an der Mosel und anderswo
sind zufällig,
mitunter unvermeidlich.

In Erinnerung an meine Schwester Monika

Trier, Innenstadt

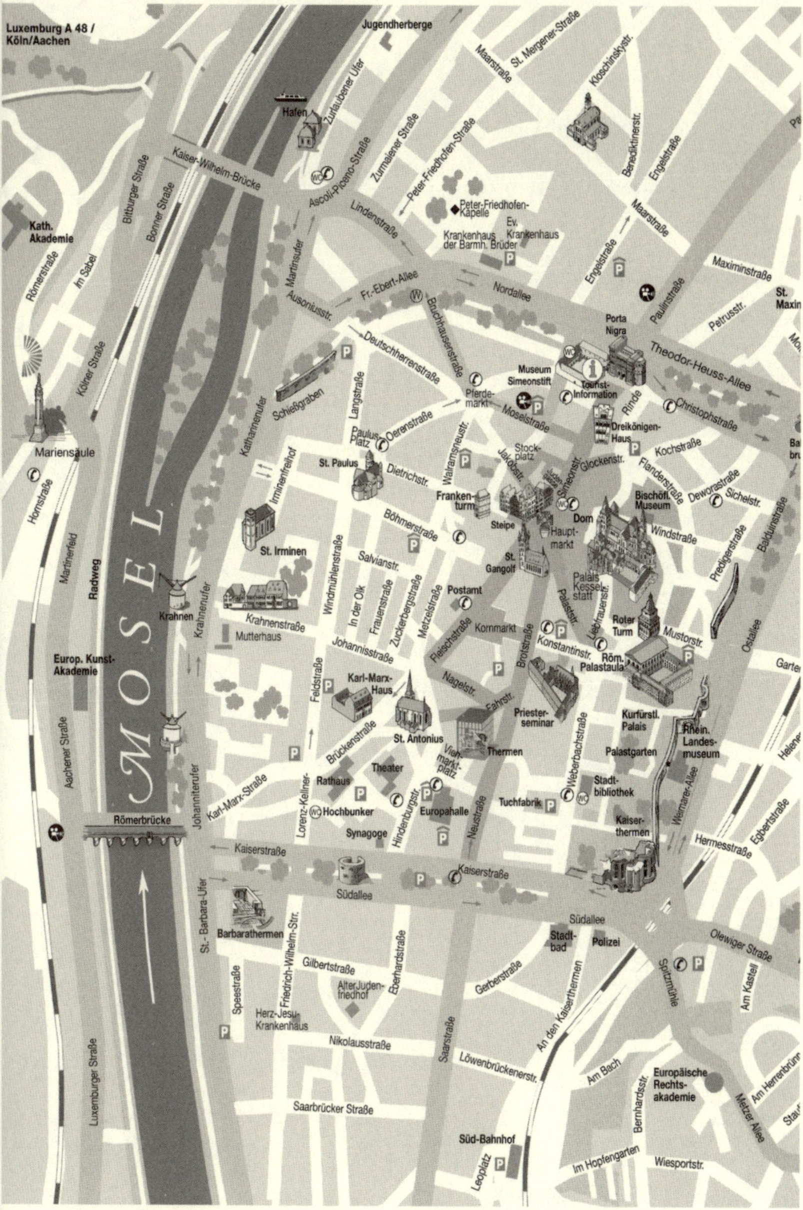

Luxemburg A 48 / Köln/Aachen
Jugendherberge
Hafen
Zurlaubener Ufer
Maarstraße
St. Mergener-Straße
Kloschinskystr.
Benediktinerstr.
Engelstraße
Zurmaiener Straße
Peter-Friedhofen-Straße
Ascoli-Piceno-Straße
Kaiser-Wilhelm-Brücke
Bitburger Straße
Bonner Straße
Kath. Akademie
Lindenstraße
Peter-Friedhofen-Kapelle
Ev. Krankenhaus
Krankenhaus der Barmh. Brüder
Maarstraße
Maximinstraße
Römerstraße
Im Sabel
Martinsufer
Fr.-Ebert-Allee
Nordallee
Engelstraße
Paulinstraße
St. Maxin
Ausoniusstr.
Bruchhausenstraße
Porta Nigra
Petrusstr.
Kölner Straße
Deutschherrenstraße
Museum Simeonstift
Tourist-Information
Theodor-Heuss-Allee
Schießgraben
Langstraße
Pferdemarkt
Moselstraße
Rinde
Christophstraße
Mariensäule
Katharinenufer
Paulus-Platz
Oerenstraße
Walramsneustr.
Stockplatz
Dreikönigen-Haus
Kochstraße
Hornstraße
Irminenfreihof
St. Paulus
Dietrichstr.
Jakobstr.
Simeonstr.
Glockenstr.
Flanderstraße
Deworastraße
Sichelstr.
Frankenturm
Steipe
Dom
Bischöfl. Museum
MOSEL
Böhmerstraße
Hauptmarkt
Windstraße
Predigerstraße
Balduinstraße
Martinerfeld
St. Irminen
Windmühlenstraße
Salvianstr.
St. Gangolf
Palais Kesselstatt
Radweg
Krahnen
Krahnenufer
In der Olk
Frauenstraße
Zuckerbergstraße
Metzelstraße
Postamt
Palaststr.
Liebfrauenstr.
Krahnenstraße
Fleischstraße
Kornmarkt
Brotstraße
Roter Turm
Mustorstr.
Ostallee
Mutterhaus
Johannisstraße
Konstantinstr.
Röm. Palastaula
Europ. Kunst-Akademie
Feldstraße
Karl-Marx-Haus
Nagelstr.
Fahrstr.
Priesterseminar
Kurfürstl. Palais
Rhein. Landesmuseum
Aachener Straße
Brückenstraße
St. Antonius
Thermen
Viehmarktplatz
Weberbachstraße
Palastgarten
Theater
Rathaus
Stadtbibliothek
Weimarer-Allee
Karl-Marx-Straße
Johanniterufer
Lorenz-Kellner-Str.
Hochbunker
Hindenburgstr.
Europahalle
Tuchfabrik
Neustraße
Römerbrücke
Synagoge
Kaiserthermen
Hermesstraße
Egbertstraße
Kaiserstraße
Kaiserstraße
Südallee
St.-Barbara-Ufer
Barbarathermen
Friedrich-Wilhelm-Strr.
Südallee
Stadtbad
Polizei
Olewiger Straße
Gilbertstraße
Eberhardstraße
Alter Judenfriedhof
Gerberstraße
Spitzmühle
Am Kastell
Speestraße
Herz-Jesu-Krankenhaus
An den Kaiserthermen
Nikolausstraße
Saarstraße
Löwenbrückenerstr.
Luxemburger Straße
Am Bach
Europäische Rechtsakademie
Saarbrücker Straße
Bernhardsstr.
Metzer Allee
Süd-Bahnhof
Leoplatz
Im Hopfengarten
Wiesportstr.

Montagabend

Sein Kopf pendelte hin und her, als hinge er nur noch an einem Faden. Mit großer Mühe befreite er sich aus dem Kokon der Ohnmacht. Seine Augen sahen nur Dunkelheit. Durch die Wattewelt drang ein auf- und abschwellendes Motorengeräusch. Etwas stieß hart gegen seine Stirn. Er wollte seine Hand zu der schmerzenden Stelle führen, aber sie nahm den Befehl nicht entgegen. Sein Kopf rollte zur anderen Seite.

Nun zeichneten sich über ihm schwach die Konturen eines Fensters ab. Draußen huschte etwas wie der Reisigbesen einer Hexe vorbei. Er versuchte seinen Blick zu fokussieren. Aber es blieb nur das Grauschwarz, das wieder verschwand, als sein Körper durchgerüttelt wurde und sein Gesicht sich wieder der dunklen Seite zuwandte.

Es musste ein Feldweg sein, über den der Wagen mit ihm holperte. Seine Augenlider senkten sich. Er zog sich wieder in den Kokon zurück.

Als er zu sich kam, wusste er nicht, ob Sekunden oder Stunden vergangen waren. Im Schein der Innenleuchte erkannte er die Rückwand von Autositzen und eine kleine schwarze Plastikbox. Es war ein Verbandskasten, der ihm vorhin gegen den Kopf gestoßen war. Der Motor verstummte, die Handbremse wurde gezogen. Er versuchte, den Kopf zur Scheibe zu wenden. Seine Augenlider fielen schwer wie die Falltore einer Burg herunter. War das tiefe Brummen nur in seinem Kopf oder kam es von draußen? Er trudelte in einen freien Fall. Statt wie gewohnt aus dem oft durchlebten Albtraum aufzuwachen, glitt er wieder zurück in die Ohnmacht.

Er hörte, wie eine Tür zugeschlagen wurde. Sein Kopf fühlte sich immer noch an, als wäre sein Gehirn in nasse Watte gepackt. Ein Schemen war draußen am Fenster. Das gleichmäßige Dröhnen wurde lauter. Wieder fielen seine Augen zu. Etwas platschte auf das Autodach. Durch die geschlossenen Augenlider nahm er einen Blitz wahr.

Er öffnete die Augen. Die Helligkeit hielt an. Es roch nach Rauch. Sofort folgte die Hitze. Hatte ein Blitz den Wagen getroffen? Flammen breiteten sich prasselnd aus. Über ihm knackte das Fenster und zeigte das milchige Muster einer Eisfläche im Winter, die unter einem Wagemutigen splittert. Die Scheibe zerbarst und aus der Feuerwand dahinter züngelten neugierige Flammen erst zaghaft herein, um sich dann umso gieriger über die Deckenverkleidung herzumachen.

Er hatte mit dem Geschehen um ihn herum nichts zu tun, spürte keine Angst. Als sein Atmen einen Hustenreiz auslöste, wollte er wieder in den Kokon zurück. Eine Feuerwolke sammelte sich unter dem Dach. Der Rauch schmeckte nach brennendem Kunststoff. Er versuchte sich wegzukrümmen. Wieder setzte der freie Fall ein. Er sah zu, wie sein

Körper ins Bodenlose stürzte, bis er sich im Unendlichen verlor.

*

Der Frachter pflügte durch die schwarze Flussmitte. Im Radio lief das übliche Einheitsgedudel, unterbrochen von Verkehrsdurchsagen über Störungen auf Straßen in Holland, die ihn nicht im Geringsten betrafen.

Links von ihm leuchteten die Lichter des Trierer Hafens auf. Blau und weiß spiegelte sich das Licht der angestrahlten Kranausleger im Wasser. Dahinter stieg Rauch aus den Schloten des Stahlwerks in den grauschwarzen Himmel. Der Mann am Steuer drehte den Kopf, um zu schauen, ob er einen Kahn erkannte, der nebenan im Hafenbecken vor Anker lag. War das, was da hinten schlapp am Bug des Tankschiffs baumelte, eine holländische Flagge? Er konnte sie auf die Entfernung nicht erkennen und musste den Blick wieder geradeaus auf den dunklen Fluss und die dunkelgrünen Linien des Radarschirmes richten. Das Gerät war so fein eingestellt, dass es jedes Hindernis ab der Größe einer Ente zeigte. Es hatte etwas gedauert, bis er Vertrauen zu der Kiste gefasst hatte. Inzwischen fuhr er damit genau so gut und unbesorgt, als wäre er tagsüber unterwegs.

Nebenan teilte eine Insel den Fluss. Im Scheinwerferlicht richteten die Bäume ihre kahlen Äste auf wie Kopfhaare, die unter elektrischer Spannung abstanden. Darunter hielten vereinzelte Hecken noch ihr trockenes Blattwerk fest. Ursprünglich hatte er oberhalb der Staustufe Feyen anlegen wollen, sich dann aber noch munter genug gefühlt, bis Detzem weiterzufahren, wo er sich noch durchschleusen lassen würde. In der Nacht gab es keine langen Wartezeiten, und er konnte viel Zeit sparen. Über die taunassen Planken des Laderaums huschten die Reflektionen der Scheinwerfer von den hoch oben über die Moselbrücke fahrenden Wagen. Hier standen keine Pfeiler, die dem Frachter gefährlich werden konnten. Der letzte Zipfel der Insel huschte vorbei, und der Fluss öffnete sich in komfortabler Breite. Ein Feuerschein auf der rechten Seite erregte seine Aufmerksamkeit. Die Insel hatte den Blick dorthin versperrt. Es brannte unter der Brücke. Zu groß für ein Lagerfeuer. Er nahm das Fernglas. Der Kahn war schnell, sodass der Mann am Steuer sich um mehr als neunzig Grad drehen musste, um die Konturen eines Autos zu erkennen, das dort lichterloh brannte. Dichter Qualm stieg auf, vermischte sich mit der Dunkelheit.

Kaum hatte er die 110 ins Handy getippt, meldete sich die Polizei. Während er etwas von einem Unfall unter der Moselbrücke beim Trierer Hafen berichtete, drehte er das Radio leiser. Eine Stimme im Telefon forderte ihn auf, sich einen Augenblick zu gedulden. Erst als diese Bitte im gleichen Tonfall wiederholt wurde, bemerkte er, dass er weiterverbunden wurde und in eine Warteschleife geraten war. Um einen weiteren Blick auf das brennende Fahrzeug zu werfen, musste er sich inzwischen in dem rundum verglasten Steuerhaus um einhundertachtzig Grad drehen. Er schaltete vom Autopiloten auf Handbetrieb und lenkte den Kahn näher zum rechten Ufer, um länger zur Brandstelle sehen zu können.

Eine modulationsarme männliche Stimme fragte nach seinem Anliegen.

»Hier brennt es unter der Moselbrücke beim Hafen.«

»Ehranger Seite oder Kenner Seite?«, kam die Gegenfrage.

»Rechts, moselabwärts rechts.«

»Also Kenn?«

Während die Brandstelle aus seinem Sichtfeld geriet, nickte der Schiffsführer und schaltete zurück auf Autopilot.

»Was denn nun?«, klang es aus dem Hörer.

»Ja, Kenner Seite.«

»Wie viele Fahrzeuge sind an dem Unfall beteiligt?«

»Das weiß ich nicht.«

»Gibt es Verletzte?«

»Ich sehe nur ein Auto brennen, vielmehr, jetzt sehe ich es nicht mehr.«

»Sagen Sie mir bitte Ihren Namen?«

»Rijs von der *Christin*, so heißt mein Boot.«

»R E I S, Christian.«

»Nein, R I J S«, buchstabierte der Schiffsführer. »Ich komme aus Holland und fahre auf der Mosel, mein Schiff heißt *Christin*.«

Das Radar zeigte Hindernisse in Fahrtrichtung. Rijs legte das Handy ab und folgte mit dem Fernglas dem Scheinwerfer, den er über den Bug auf den dunklen Fluss richtete. Die Fahrrinne schien frei zu sein. Als er wieder auf das Radar schaute, hatte sich auch dort das Hindernis als Störmeldung erwiesen.

Durch die Gereiztheit, die mit dem Hallo aus dem Hörer klang, hatte die Stimme eine menschliche Attitüde angenommen. Als sich Rijs zurückmeldete und sich wegen der Unterbrechung entschuldigte, war bereits wieder der teilnahmslose Ton zurückgekehrt, mit der Nachfrage, ob es Verletzte gäbe. Als Rijs weder diese noch die folgende Frage nach der Anzahl der beteiligten Fahrzeuge beantworten konnte, wurde das Gespräch ohne Dank oder sonstige Höflichkeitsfloskeln beendet.

*

Der Streifenwagen schaukelte heftig, als er von der verschlammten Teerstraße auf den unbefestigten Weg des Kiesgrubengeländes mit den tiefen Fahrrinnen gesteuert wurde. Caroline Beck, Polizeiobermeisterin von der Polizeiinspektion Schweich, beugte sich ein wenig nach links in Richtung ihres Kollegen, um wieder aufrecht zu sitzen, als die Reifen in die rechte Fahrspur gerieten. Der Fahrer versuchte erst gar nicht, wieder herauszulenken. Unter der Moselbrücke leuchteten gelbe Linien vor einem Feuerwehrwagen mit eingeschaltetem Blaulicht. Dort hatten sich Feuerwehrleute einer Freiwilligen Feuerwehr versammelt, wie auf der Jacke eines mit dem Rücken zu ihnen stehenden Mannes in Jeans zu erkennen war. In der Eile hatte er wohl nur die Einsatzjacke und den Helm gefunden.

Ihr Kollege fummelte am Funkgerät, während Caroline die Tür öffnete, den blonden Zopf nach hinten warf und die Dienstmütze aufsetzte. Die Männer schauten zu ihr herüber. Sie verkniff es sich, ihnen ‚Wo brennt's denn?' entgegen zu rufen.

Im Schein der Lichter ihres Wagens sah sie in angespannte Gesichter. Vermutlich waren die meisten aus dem Schlaf gerissen worden.

»Es ist nicht mehr da!« Ein kleiner Mann wies auf ein dunkles Rechteck mit qualmendem Schutt. Ob es sich um verkohlten Bewuchs oder Drähte handelte, konnte sie nicht erkennen. Sie meinte, darin die ehemalige Position der Räder auszumachen.

»Das Auto ist weg?«, fragte Caroline.

»Ist weg«, wiederholte der Mann. Er trug eine Brille, sein Mund blieb offen und der Arm ausgestreckt. Aus dem Ärmel seiner zu großen Jacke ragte keine Hand. Die Stablampen seiner Kollegen leuchteten über die Brandstelle hinaus. In Richtung des Wassers war das niedrige Unkraut platt und angesengt.

»Ich leite den Einsatz.« Der kleine Mann hielt kurz inne, als wolle er seine Worte auf sie wirken lassen. »Ich hab' alles an die Leitstelle weitergegeben. Die schicken Taucher und so.«

Sie verkniff es sich, sein ‚und so' zu kommentieren. »Halter, Fahrer, Zeugen, sonstige Personen?«

Er schüttelte den Kopf, wobei er kurz die Lippen zusammenpresste und dann den Mund wieder offen stehen ließ. Von der Seite fiel ihr sein starker Überbiss auf.

»Was haben Sie damit vor?« Sie wies auf den hellen Sack,

den einer der Feuerwehrleute herbeischleppte.

»Stoffe binden.« Er hielt den Lichtstrahl auf eine nass glänzende Stelle neben dem dunklen Rechteck.

»Ich weiß nicht, ob wir später die Brandstelle untersuchen lassen müssen.«

»Wir müssen das Öl binden, bevor es ins Wasser gelangen kann.«

»Das scheint mir keine Bedrohung für die Mosel darzustellen.«

»Ein Tropfen genügt, um tausend Liter Trinkwasser zu verschmutzen«, schnarrte der Mann, als befände er sich in einer mündlichen Prüfung. Eine kleine Faust mit einem abgewinkelten Zeigefinger schnellte aus dem dunklen Jackenärmel in die Höhe.

»Aha.« Sie wusste selbst nicht, ob diese Bemerkung das Vorhandensein einer Hand oder seine fachliche Ausführung kommentierte.

Eine Autotür schlug zu. Ihr Kollege war ausgestiegen und kam nun gemächlichen Schrittes auf sie zu.

»Der Wagen ist in …«

»Hat man mir schon gesagt«, unterbrach er sie. »Können wir wieder los?«

»Wir sollten mal gucken, ob hier noch jemand ist.«

»Meinst du?«

»Das Auto ist doch nicht von selbst hierher gekommen.«

Der nah am Wasser entlang führende Pfad war aufgeweicht. Während ihr Kollege flussabwärts unterwegs war, tastete sich Caroline in der entgegengesetzten Richtung am Gebüsch entlang ins Dunkle. Über ihr brummte ein beschleunigender Lastwagen über die Moselbrücke in Richtung Luxemburg. Die glänzenden Äste der Büsche schienen im Licht ihrer Taschenlampe, als seien sie von einem winzigen Geflecht überzogen. Dazwischen hingen Fetzen, die ein Hochwasser zurückgelassen hatte. Caroline leuchtete vor sich auf den Weg und spürte einen Hauch im Nacken. Als sie stehen blieb und sich umschaute, war da nichts. Obwohl ihr kalt war, öffnete sie die Jacke und legte eine Hand auf das Pistolenhalfter, um es notfalls blitzschnell aufreißen zu können. Als ihr rechter Fuß an einer Erhebung hängen blieb, griff die freie Hand reflexartig ins Gebüsch. Den Schmerz spürte sie erst einige Sekunden später, als sich die hart von vorn wehende Windbö gelegt hatte. Im Licht der Lampe sah sie in der Innenfläche ihrer rechten Hand kleine Stacheln aus der braunen Schmiere aufragen. Der Pfad führte aus dem Gebüsch hinaus zum Wasser bis auf einen kleinen Damm, der auf der Insel endete. Caroline passierte ein Schild, das irgendetwas verbot. Von der Oberfläche des Wassers stiegen Dampfwölkchen, als wäre es kurz vor dem Sieden. Durch den Bewuchs der Insel blitzten Lichter des dahinter liegenden Hafens. Rauschen von Wasser war zu hören. Nach ein paar Schritten erreichte sie einen wenige Meter breiten Durchstich im Damm, durch den sich das Wasser hindurchdrängte. Sie bückte sich und zog die rechte Hand durchs Wasser. Im Lampenschein waren nur noch die Stacheln und winzige Blutrinnsale zu sehen. Die Lampe zwischen Kinn und Schulter geklemmt, pickte Caroline mit den Fingernägeln die Stacheln aus der Haut. Sie wischte die Hand an der Uniformhose ab und schaute noch einmal auf den Durchstich im Damm. Hier konnte niemand hinüberwaten. Dafür war die Strömung selbst in diesem ruhigeren

Seitenarm des Flusses zu stark.

Als sie an den Brandort unter der Brücke zurückkehrte, war der Tauchtrupp der Trierer Berufsfeuerwehr bereits dabei, ein Boot von einem Anhänger zu laden.

»Und, gibt's was?«, fragte sie ihren Kollegen, der rauchend neben dem Streifenwagen stand.

»Derjenige, der den Wagen abgefackelt hat, ist wohl längst über alle Berge. Ich bin gespannt, was die da unten finden.« Er deutete auf die in Neoprenanzüge gekleideten Männer, die sich gegenseitig Geschirre anlegten, an denen Seile befestigt waren.

»Wo sind die Feuerwehrleute?«

»Wenn ich nicht da gewesen wäre, hätte einer von denen den Brandschutt weggekehrt«, berichtete er.

»Ich fand den Vortrag des Wehrführers etwas schräg.«

»Vielleicht wollte er, wenn schon keine Heldentaten vollbracht werden konnten, wenigstens mit seinem Wissen über die Bestimmungen glänzen.«

»In diesem Punkt unterscheiden sich die Feuerwehrleute kaum von Polizisten.«

Ihre Fingernägel bekamen einen abgebrochenen Stachel im Daumenballen zu fassen. Sie knöpfte ihre Jacke zu und freute sich auf die Heizung im Auto.

Wenn nichts Weiteres mehr anliegen würde, konnte sie den Rest der Nacht damit verbringen, den Papierkram zu erledigen. Es hatte sich nicht viel ereignet. Zwei unspektakuläre Unfälle, ein versuchter Einbruch in einen Getränkevertrieb, eine Anzeige, häusliche Gewalt betreffend, die sich als verbaler Disput herausgestellt hatte, und die Brandgeschichte von vorhin.

*

Hinter den Fenstern war noch tiefe Nacht. Mathilda schien zu schlafen. Walde hörte ihren schnellen Atem aus dem Stubenwagen neben sich. Doris war gleich nach dem Stillen wieder eingeschlafen. Er hatte das Baby aus dem Bettchen zu Doris gehievt und es dann wieder zurück in den Stubenwagen verfrachtet. Das hatte er schon damals bei Annika, seiner ersten Tochter, getan. Annika war nun vier Jahre alt und schlief nachts längst durch. Ihre fünf Wochen alte Schwester Mathilda bekam alle drei Stunden die Brust und wurde danach häufig von Bauchschmerzen geplagt. Walde und Doris wechselten sich dabei ab, Mathilda in einer für ihr kleines Bäuchlein entspannenden Haltung durch die Wohnung zu tragen. Seit einer Woche hatte Walde Urlaub, um Doris nachts, abgesehen von den Stillzeiten, zu entlasten. Heute Nacht hatte Mathilda wieder große Schwierigkeiten mit ihrer Verdauung. Walde hatte das laut klagende Kind auf langen Rundwegen durch die Wohnung getragen, ihr zugeflüstert, sie im Rhythmus gewiegt, ihr leise vorgesungen, ihr die Windel gewechselt und sie vorsichtig auf ihr Schaffell gelegt, als die Beschwerden nachließen und sie erschöpft eingeschlafen war. Wenige Sekunden später schlief auch Walde wie auf Knopfdruck ein. Die Zeit war viel zu kostbar, um sich noch um irgendwas Gedanken zu machen. Und da ihn nichts Berufliches beschäftigte, schlief er bereits beim Hinlegen ein, noch bevor sein Kopf das Kissen richtig berührt hatte.

Dienstag

Ein leichter Druck auf seinen Rücken ließ Walde aufwachen. Hinter den Vorhängen war die Dämmerung zu ahnen. Doris' Hinterkopf zeichnete sich dunkel auf dem Kissen ab. Wenn er seinen Atem anhielt, konnte er den des Babys hören.

Behutsam drehte er sich um und schaute in zwei ganz nahe grüne Augen. Seine große Tochter Annika hatte sich in sein Bett geschlichen. Er legte einen Zeigefinger auf seine Lippen, und sie verließen ganz leise das Bett.

Beim Frühstück zupfte Walde den Lokalteil aus der Zeitung. Bei einem Gauklerschwimmen sollte eine Lebensrettung stattfinden. Erst auf den zweiten Blick erkannte er, dass es sich um ein Glaukosschwimmen in der Mosel handelte, aber auch damit konnte er wenig anfangen.

Während er weitere Meldungen überflog, sah er, wie Annika mit einem grünen Stift die Kästchen des Kreuzworträtsels ausmalte. Am Rand klebte ein Klecks Erdbeermarmelade, der ihr vom Brot geglitten war. Er dachte an die Linkshänder, die manchmal nach stundenlangen Verhören ihre Aussagen unterschrieben, dabei das Blatt auffällig schräg hielten oder nach dem Ansetzen des Stifts zögerten, als könnten sie überhaupt nicht schreiben, und dann, wenn er nur mehr zwei Kreuze erwartete, mit festem Strich schwer leserliche Namen kritzelten. Annikas Malbewegungen wirkten dagegen ziemlich locker.

Er legte die Zeitung zur Seite. »Kommst du nachher mit, dann bringe ich dich in den Kindergarten?«

Sie war nicht mehr dort gewesen, seit Doris mit dem Schwesterchen aus dem Krankenhaus gekommen war.

Nur das Kritzeln von Annikas Stift war zu hören.

»Die warten dort schon so lange auf dich. Hmh?«

Sie reagierte nicht.

»Kommst du mit?«

»Weiß nicht«, antwortete sie leise.

»Dann kannst du nachher Mathilda erzählen, was im Kindergarten los war.«

»Da ist es doch langweilig.« Sie zog das letzte Wort in die Länge.

»Ist es denn hier spannender?«

Nebenan weinte das Baby.

»Weißt du was? Wenn du in den Kindergarten gehst, also, dann machen wir eine Bootstour über die Mosel.«

»Auf die andere Seite?«

»Nein, eine richtige Tour mit dem Boot nach Pfalzel und wieder zurück.«

Der Stift in ihrer Hand war zum Stillstand gekommen.

»Also, wenn du eine Woche gegangen bist, also fünf Mal, das ist genauso viel wie du Finger an einer Hand hast, dann fahren wir mit dem Boot.«

Nebenan hatte das Weinen aufgehört.

Annika rutschte von ihrem Stuhl und kam mit erhobener

Hand zu ihm. »So viel Mal?«

»Genau«, er hob sie auf sein Bein und zupfte an ihrer Daumenspitze. »Das ist der Daumen. Der schüttelt die Pflaumen.« Er wechselte von Finger zu Finger. »Der hebt sie auf. Der trägt sie nach Haus. Und der isst sie alle, alle auf!« Den kleinen Finger schüttelte er besonders gründlich, während sie gluckste. »Ich kann schon bis über hundert zählen.«

Kaum hatten sie eine Stunde später den Kindergarten betreten, ließ Annika seine Hand los und stürmte, ohne sich damit aufzuhalten, ihre Jacke an die Garderobe zu hängen oder ihm Tschüss zu sagen, um die Ecke in Richtung der Bärenhöhle, ihres Gruppenraums. Einen Augenblick blieb er in dem leeren Flur stehen und lauschte dem Gesang hinter einer der bunten Türen. Eigentlich hatte er erwartet, noch eine Zeitlang hier bleiben zu müssen. Zögernd verließ er das Haus und wendete sich der Fußgängerzone zu.

*

Im Polizeipräsidium war Grabbe ans Fenster seines Büros getreten, weil schon seit einer Weile ein Martinshorn zu hören war. Unten im Hof umringte eine Gruppe Kinder einen Streifenwagen, an dem alle Türen offen standen.

Auf seinem Schreibtisch klingelte das Telefon.

»Wir haben das Auto gefunden«, klang es aus dem Hörer, noch bevor Grabbe sich melden konnte. Er kannte die Stimme des Anrufers, wusste sie aber nicht sofort zuzuordnen. Das Motorgeräusch im Hintergrund ließ vermuten, dass der Mann von unterwegs anrief.

»Wo?«, fragte Grabbe.

»Ist Walde da?«, kam die Gegenfrage.

Im gleichen Moment, in dem Grabbe auf die Nummer im Display seines Apparates sah, erkannte er auch wieder die Stimme von Stadler von der Wasserschutzpolizei. »Der hat Urlaub.«

»Und Gabi?«

Grabbe gab den Hörer an seine Kollegin Gabi weiter und flüsterte ihr dabei zu, wer sich in der Leitung befand.

»Hallo Günther.«

»Hallo Gabi, wie geht's?«

»Frag' mich nicht! Was gibt's?«

»Wie gesagt, wir haben es gefunden.«

»Was?«

»Das Auto, also nicht direkt wir, die Taucher von der Feuerwehr haben es entdeckt.«

Gabi schnaufte. Das konnte sie am frühen Morgen besonders gut leiden, wenn einer sein Gespräch mit einem kryptischen ‚wie gesagt' begann und noch gar nichts gesagt hatte. »Ich vermisse kein Auto.«

»Das heute Nacht unter der Brücke bei Kenn gebrannt hat und dann in die Mosel geraten ist. Das kannst du ja wahrscheinlich auch nicht wissen. Ich drücke mich nicht ganz so klar aus, weil, ich hab' heute Nacht kaum geschlafen.«

Am liebsten hätte sie gesagt, ich auch nicht, aber sie bekam gerade noch die Kurve. »Und, was ist damit?«

»Wir können es in zwei, drei Stunden heben.«

»Und was habe ich damit zu tun?«

»Wie gesagt, im Kofferraum …«

»Günther!« Gabi platzte der Kragen. »Vom Kofferraum hast du mir noch gar nichts gesagt!«

»Es ist ja auch nicht unbedingt der Kofferraum, man könnte bei einem Kangoo mit umgeklappter Rückbank auch von Laderaum sprechen.«

»Hallo?«, rief sie in den Hörer und stützte dabei den Kopf in die Hand. »Was redest du da? Hast du getrunken?«

»Das hätte ich vielleicht besser getan.«

»Warum?« Gabi hielt sich reflexartig eine Hand über Mund und Nase und hauchte hinein. Sie roch zwar nichts, schob sich aber vorsichtshalber ein weiteres Drops in den Mund.

»Da ist eine Leiche drin, sagen die Taucher.«

»Unfall?«

»Wie gesagt, das solltest du dir besser selbst ansehen. Der Prahm zum Bergen ist unterwegs. Am besten, du kommst um elf zum Anlegesteg am Wasser- und Schifffahrtsamt, dann nehmen wir dich mit.«

»Schöne Scheiße«, seufzte Gabi und zog eine Packung Zigaretten aus ihrer Handtasche. Das empörte Räuspern ihres Kollegen Grabbe ignorierend, steckte sie die Zigaretten wieder ein. Im ganzen Haus herrschte Rauchverbot, und im Hof war es ihr zu kalt. Und außerdem war ihr schlecht.

*

Auf den Straßen der Fußgängerzone war es noch morgendlich ruhig. Spätestens in einem Monat würde der Weihnachtstrubel losgehen. Vor einer Buchhandlung stapelten sich auf den Tischen billige Bücher. Walde fröstelte. Er wechselte auf die andere Straßenseite und betrat ein Kaufhaus. Auf der Rolltreppe überlegte er, ob er Socken kaufen sollte, und landete dann doch oben in der Musikabteilung, wo er zwischen den Regalen mit Jazz-CDs hindurchschlenderte, ohne stehen zu bleiben. Wieder auf der Straße, knöpfte er seine Jacke zu. Auf dem Hauptmarkt wurde auf einer Schiefertafel vor der *Gerüchteküche* ‚Frischer Federweißer' angeboten. Im Vorbeigehen schaute Walde durch die Fenster in das Lokal, wo sein Freund Uli bereits fleißig hinter der Theke wuselte.

Walde bog in die Fleischstraße ein. Er fühlte sich nicht, als habe er Urlaub. Er bewegte sich weder wie ein Tourist, der im Museumsgang durch die Stadt schlenderte, noch wie ein Einheimischer, der zielbewussten Schrittes unterwegs war. Mitten in der Woche schienen hier alle etwas zu tun zu haben. Nur er war ziellos wie ein Motorradfahrer auf einer Spritztour unterwegs. Das erinnerte ihn ans Schuleschwänzen, wenn es zu früh war, um wieder nach Hause gehen zu können, er durch die Kaufhäuser lief, sich in Plattenläden herumdrückte oder stundenlang im Café vor einer nicht ganz ausgetrunkenen Cola ausharren musste.

Walde hatte nicht bemerkt, dass er wie ein Esel, der den

Weg im Schlaf kennt, in Richtung Polizeipräsidium unterwegs war. Dort hatte er in seinem Büro die Netzschnur seines Handys vergessen, der Akku seines Mobiltelefons war längst leer, er brauchte es eigentlich auch nicht.

Über den Seiteneingang im Hof gelangte er über die hintere Treppe nach oben. Vor Gabis und Grabbes Bürotür zögerte er einen Moment und ging dann weiter. Obwohl es später Vormittag war, warfen die Fenster so wenig Licht in sein Büro, dass er die Schreibtischlampe einschaltete, als er sich nach vorn beugte und in den Schubladen kramte. Neben dem Handykabel, das er um den Stecker wickelte und in seine Jackentasche steckte, fand er das Übertragungskabel seines I-Pod. Während er überlegte, wie das hierher gekommen war, richtete er sich wieder auf und blätterte die Gewerkschaftszeitung der Polizei durch, die auf dem Schreibtisch lag. Neben einem Artikel mit der Überschrift ‚Gewalt gegen Polizeibeamten' war auf einem Foto ein schwarz vermummter Demonstrant zu sehen, der einen behelmten Polizisten mit einem großen Stein bedrohte. Walde stützte den Kopf in beide Hände. Ob seine Kinder sich später auch einmal in gleich brutaler Weise engagieren würden …

»Haben Sie sich gut erholt? … Herr Bock? …«

Walde hob den Kopf. Polizeipräsident Stiermann stand vor seinem Schreibtisch.

»Ich habe Licht in Ihrem Büro gesehen und dachte, man hätte vielleicht vergessen, es auszuschalten«, druckste sein Chef. »Haben Sie heute schon die Nachrichten von *TELE Mosel* gesehen?«

»Nein«, sagte Walde, während er verstohlen auf seine Uhr sah und feststellte, dass er schon weit über eine Stunde hier sein musste. »Ich bin nicht im Dienst, also ich habe Urlaub.«

»Ein Politiker der *Linken* in Trier wird vermisst.«

»Ich habe nur was geholt … Um was geht es denn konkret.«

»Es ist ein Stadtratskandidat. Hoffentlich steckt da nicht die Schlägertruppe der Nazis dahinter.« Stiermann ging, mit einer Hand grüßend, zur Tür. »Dann noch gute Erholung.«

*

Gegen elf fuhren Gabi und ihr Kollege Grabbe zum Wasser- und Schifffahrtsamt. Als sie auf die Uferstraße gelangten, schaute Gabi auf die deutlich über Normalniveau angestiegene Mosel.

»Wenn ich bedenke, dass ich da mal mitten in der Nacht im besoffenen Kopf quer rübergeschwommen bin.«

»An dieser Stelle?«, fragte Grabbe.

»Nee, ein Stück abwärts hinter Zurlauben war das.« Sie verschwieg, dass es noch gar nicht so viele Jahre her war, als sie sich von einem Typen, den sie nicht einmal besonders gut kannte, zu dieser Aktion hatte überreden lassen. Oder war es sogar ihre Idee gewesen? »Das Dümmste war, wieder zurück zu schwimmen, da hab' ich dann wirklich gedacht, ich saufe ab.«

»Warum bist du nicht bis zur Brücke zurück gelaufen?«

»Ich hatte nicht viel an.« Sie erwähnte nicht, dass sie splitternackt gewesen waren, ihre Kleider irgendwo in der Uferböschung versteckt hatten und unmöglich nackt über die Brücke hätten laufen können. Durch die Strömung waren sie so weit abgetrieben worden, dass sie noch ein gutes Stück an der Uferpromenade zurücklaufen mussten. Und dann hatten sie ihre Kleider nicht mehr gefunden. Inzwischen nüchtern, war ihr bewusst geworden, dass sie sich ohne Handy, Geld, Autoschlüssel und keinen Faden am Leib in einer ziemlich blöden Lage befand.

»Und?«

»Ich hab's geschafft, sonst säße ich nicht hier.« Die Erinnerung, wie sie endlich doch noch ihre Kleidung gefunden hatten, ließ sie seufzen. »Zum Glück war Hochsommer und das Wasser ziemlich warm. Heute wollte ich da nicht rein.«

»Absolute Todeszone«, sagte Grabbe mehr zu sich selbst.

»Was?«, fragte Gabi.

»So viel hätte ich gar nicht trinken können, um auf so eine bescheuerte Idee zu kommen.« Bei Grabbe begann selbst in öffentlichen Bädern einen Meter vom Beckenrand die Todeszone.

»Kannst du überhaupt schwimmen?«, fragte sie.

»Natürlich«, entrüstete er sich.

»Manchmal frage ich mich, wie du überhaupt die Aufnahmeprüfung in unseren Verein geschafft hast, so unsportlich, wie du bist.«

»Ich habe halt andere Qualitäten.«

»Welche?«

Grabbe blieb keine Zeit mehr, sich aufzuregen. Hinter

ihnen hupte es, als Gabi den Wagen, ohne den Blinker zu setzen, von der Uferstraße nach rechts quer über den Radweg lenkte. Auf der Rampe, die runter zum Fluss führte, kam der Wagen zum Stehen. Gabi stieg aus.

Weiter unten erwartete Stadler sie bereits an der Anlegestelle. Grabbe stieg ebenfalls aus und machte sich auf den Weg zur Fahrerseite.

»Willst du nicht wissen, was Stadler über den Fortgang zu berichten hat?«, fragte Gabi.

»Doch, doch.« Grabbe hob beschwichtigend die Hände und folgte seiner Kollegin über den Hang zum Ufer hinunter.

»Du hast schon besser ausgesehen«, begrüßte sie Stadler.

»Danke, sehr charmant, Günther. Du hast das gut erkannt, ich fühle mich heute nicht besonders.« Ihr Blick streifte von der akkurat liegenden Frisur des Wasserschutzpolizisten über das glatt rasierte, lächelnde Gesicht und die wie frisch gebügelte Uniform mit den glänzenden Knöpfen bis hinunter zu den sorgfältig polierten Schuhen. »Du hingegen wirkst nach einer Nachtschicht noch wie aus dem Ei gepellt.«

»Danke.« Stadlers Grinsen wurde noch etwas breiter.

»Hallo«. Grabbe reichte dem Wasserschutzpolizisten die Hand mit ausgestrecktem Arm und leicht schräger Körperhaltung, als wollte er den weit möglichsten Abstand zu seinem Gegenüber halten. Umso überraschter war er, als Stadler seine Hand festhielt. »Wir hatten ja schon lange nicht mehr das Vergnügen miteinander.« Er nickte Gabi zu. »Dann bis zum nächsten Mal und gute Besserung!«

»Aber …« Grabbes Hand war zwar wieder frei, aber er

sah zu seinem Entsetzen, wie Gabi den Uferhang hoch in Richtung Auto ging. »Das war nicht abgemacht!«, rief er ihr nach.

»Du kannst doch schwimmen!«, rief sie zurück, ohne sich noch einmal umzudrehen.

Kaum hatte Grabbe das Deck betreten, machte Stadler die Leinen los und sprang über den zum Landesteg schnell breiter werdenden Spalt an Bord, während das Boot mit aufheulendem Motor flussaufwärts Fahrt aufnahm und dann in einem weiten Bogen auf die Flussmitte zuhielt. Grabbe brauchte ein paar Sekunden, um zu realisieren, was geschah. Von einem Moment zum anderen war er von festem Boden inmitten der Todeszone gelandet. Er, der schon Schwierigkeiten mit jeglicher Art von motorbetriebener Fortbewegung an Land hatte, befand sich auf einmal an Bord des Polizeibootes. Am Ruder stand Stadlers baumlanger Kollege, der bereits vor Jahren das Boot gesteuert hatte, als Grabbe zum ersten und, wie er gehofft hatte, auch zum letzten Mal auf dieser Nussschale durch die aufgewühlte Mosel hatte fahren müssen. Das Boot schaukelte nicht nur vom Bug zum Heck, sondern auch von backbord nach steuerbord. Auch wenn er sich nicht ganz sicher war, ob steuerbord nun links oder rechts war. Das aufgewühlte graubraune Wasser zog Grabbes Blick magisch an.

»Sie müssen nur in Fahrtrichtung sehen und die Bewegungen des Bootes mitmachen«, sagte Stadler, der sich offenbar noch an Grabbes Problem erinnerte, während er seinem Fahrgast die Tür zum Steuerhaus aufhielt. Grabbe nickte dem Mann am Steuer und dessen Kollegin, die er nicht kannte, zu und suchte vorne am Armaturenbrett Halt, wo er die Hände vor zwei kleinen Monitoren auf dem polierten Holz aufstützte. Der Schlacks im kurzärmeligen weißen Hemd am Ruder schob einen Hebel nach vorn. Das Boot sauste unter der Römerbrücke hindurch und schien dahinter in dem breiten Flussbett langsamer zu werden. Grabbe schaute nur kurz nach rechts zu den beiden historischen Moselkränen und lenkte den Blick gleich wieder in Fahrtrichtung.

»Wo fahren ...«, Grabbe musste sich räuspern. Der Schreck hatte seinen Mund trocken werden lassen. »Wo fahren wir überhaupt hin?«

»Der Wagen wurde zwischen Quint und Schweich etwa bei Stromkilometer 179 gefunden. Wir konnten die Schifffahrt wieder freigeben. Es gibt dort eine Warnboje, und an den Staustufen Detzem und Feyen und über Kanal eins werden die Schiffer informiert.« Stadler hatte seine Jacke ausgezogen und hängte sie über einen Bügel.

Grabbe versuchte dem Gespräch zu folgen, um sich von seinen aktuellen Problemen abzulenken. Er wunderte sich, wie schnell sie die Insel vor der Kaiser-Wilhelm-Brücke erreichten. Mit dem Wagen waren sie vorhin kaum schneller gewesen. Üblicherweise hielt sich Gabi nicht an Geschwindigkeitsbeschränkungen, aber heute hatte sie sich auffallend zurückgehalten. Ein Indikator dafür, dass es ihr wirklich nicht gut ging.

Nicht gut ging? Für wenige Minuten hatte Grabbe vergessen, gegen was er ankämpfte. Nun war die Panik wieder da. Er atmete so tief ein, dass es wie ein Seufzer klang.

»Sie kennen sich bereits? Das ist Simone.«

Während Grabbe versuchte, das Lächeln der jungen Frau mit dem Dienstwappen auf dem dunkelblauen Pullover zu erwidern, fragte Stadler: »Was war denn mit Gabi los?«

»Ich glaube, sie hat gefeiert«, antwortete Grabbe halblaut.

»Hmh. Hab' ich ihren Geburtstag verschwitzt?«

War es der momentane Groll, den er gegen seine Kollegin hegte, oder wollte er sich mit seinem illoyalen Gerede ablenken? Nach einem Strohhalm greifen, der ihn vor seiner Panik bewahren sollte?

»Nein. Ihr Freund hatte, glaube ich, Premiere am Theater. Und so heftig war es nun auch wieder nicht«, versuchte er, die Sache herunterzuspielen.

»Die Theaterleute haben einen ganz anderen Lebensrhythmus als wir, die früh zur Arbeit erscheinen müssen.«

Grabbe haderte damit, möglicherweise bereits zu viel erzählt zu haben. Am besten sagte er nichts mehr zu dieser Geschichte.

Als sie die Brücke passierten, wandte Grabbe nur kurz seinen Blick von der Fahrtrichtung, um nach rechts auf Zurlauben und dann nach links auf die roten Sandsteinfelsen zu sehen, wo oben auf dem Plateau das Weißhaus thronte.

*

In der Wohnung war es ruhig. Nachdem Walde die Einkaufstüte in der Küche abgestellt hatte, nahm er die Schnur aus seiner Jackentasche und schloss das Ladekabel an sein Mobiltelefon an. Er fand Doris im Musikzimmer, wo sie Wäsche auf dem Bügelbrett ausgebreitet hatte.

»Wie hast du geschlafen?« Er trat hinter sie und küsste ihren Nacken.

»Ich glaube, so eine Phase braucht man, um zu wissen, was wirklich wichtig ist.« Sie faltete ein winziges Babyhemd zusammen.

»Wie meinst du das?«

»Mal wieder zu spüren, wie wichtig Schlafen und Essen ist. Und …« Sie drehte sich zu ihm um und legte ihre Arme um seine Schulter. »… eine Familie zu haben.« Während sie sich zu ihm vorbeugte und auf die Zehen stellte, um ihn zu küssen, hielt sie inne. Erst dachte er, das Baby würde sich melden, aber dann identifizierte er das Geräusch als das Klingeln seines Handys in der Diele. Hoffentlich wurde Mathilda nicht wach. Doris ließ ihn los, und er eilte mit großen Schritten in die Diele.

»Entschuldige, störe ich?«

Walde erkannte Gabis Stimme. »Wie man's nimmt.«

»Dann noch einen schönen Tag.«

»Was gibt's denn?«, beeilte er sich zu sagen, bevor seine Kollegin auflegte.

»Du wirst es nicht glauben, Grabbe ist mit dem Polizeiboot losgedüst.«

»Was ist denn in ihn gefahren?«

»Vielleicht gibt es ihm neuen Mut, wenn du Urlaub hast.«

»Und warum ist er auf der Mosel unterwegs?«, fragte Walde.

»Stadler hat eine Leiche in einem versunkenen Auto gemeldet.«

»Hat das was mit dem Mann zu tun, von dem *TELE Mosel* berichtet hat?«

»Seit wann guckst du diesen Quatsch? Ich wollte dir nur das von Grabbe sagen.«

»Jetzt kannst du mir auch den Rest erzählen.«

»Stadler meint, es sei kein Unfall.«

»Danke. Und welchen Eindruck hast du?«

»Keinen. Der Wagen muss noch aus der Mosel geborgen werden. Grabbe ist mit dem Polizeiboot unterwegs.«

»Und warum bist du nicht mitgefahren?«

»Es hat sich einfach so ergeben«, wich sie aus.

Walde blickte zu Doris. »Bitte halte mich auf dem Laufenden.«

In der Küche packte er Sellerie, Petersilie, Lauch und Karotten aus der Tüte, die er vom Markt mitgebracht hatte.

Als Doris eine Viertelstunde später in die Küche kam, hatte er bereits verschiedene Schalen mit geputztem Gemüse auf der Arbeitsplatte neben dem Herd stehen. Das Handy hing wieder am Ladekabel.

»Hast du einen neuen Fall?«, fragte sie.

»Wie kommst du darauf?« Er überlegte, ob Ringe unter den Augen generell eine Frau hübscher machten oder ob das nur bei Doris der Fall war.

»Du pfeifst beim Kochen?«

Das war ihm gar nicht aufgefallen.

»Das machst du, seitdem Gabi angerufen hat.«

»Ich habe Urlaub und du brauchst Hilfe.«

Sie steckte sich einige klein geschnittene Karotten in den Mund. »Ich komme schon klar.«

*

Stadlers Tipp, über die Augen dem Gehirn mitzuteilen, was mit dem Körper geschah, schien zu wirken. Das Schwanken des Bootes bereitete Grabbe keine Übelkeit mehr.

Er entspannte sich etwas und konnte es sogar ein wenig genießen, wie sie da mit der Strömung durch das Wasser pflügten. Am Hang auf der linken Moselseite arbeiteten Menschen zwischen den gelbblättrigen Weinstöcken. Die Sonne war herausgekommen und entschädigte sie für den nebelkalten Morgen.

Grabbes Schultern schmerzten. Er klammerte sich schon eine ganze Weile verkrampft an das Armaturenbrett. Nun löste er die Hände davon und machte einen Schritt zurück, wobei er die Schultern abwechselnd nach vorn und hinten kreisen ließ. Hinter der Eisenbahnbrücke tauchte das Panorama von Pfalzel auf. Aus einem Ablagefach unter den Monitoren lugte der mit bunten Fischzeichnungen dekorierte Rücken des berühmt-berüchtigten Fotoalbums. Grabbe dachte mit Grausen an den Inhalt. Er versuchte sich abzulenken. Da kamen ihm die Schmerzen gerade recht. Doch als sich die Muskulatur wieder entspannte, kehrte die Fantasie zurück. Grabbe hatte noch nie einen Blick in das Album geworfen, dennoch kamen ihm immer wieder Bilder von Wasserleichen in den Sinn, die er in Wirklichkeit nie gesehen hatte. Stadlers Kollegen wurde nachgesagt, in über zwei Jahrzehnten eine ebenso umfangreiche wie makabre Sammlung angelegt zu haben. Er schaute verstohlen hinüber zu dem Schlacks hinter dem Steuer, der eine Sonnenbrille aufgesetzt hatte.

Die riesigen Heizöl- und Treibstofftanks gaben erst die Sicht auf den dahinter liegenden Hafen frei, als sie daran vorbeigefahren waren.

»Da, unter der Brücke, soll der brennende Wagen gestanden haben.« Stadler wies nach rechts. »Bevor er dann in die Mosel gerollt ist.«

Grabbe sah nach oben zu der noch knapp hundert Meter entfernten Brücke und dann auf das Ufergestrüpp.

Das Boot fuhr unter der Brücke hindurch. Grabbe wandte sich nach hinten, konnte aber die Brandstelle unter der Brücke nicht ausmachen.

Der Schiffsmotor wurde gedrosselt. Auf der rechten Flussseite dümpelte eine kleine Plattform, die von einem flussabwärts liegenden Schlepper gehalten wurde. Als sie näher kamen, entdeckte er ein längs liegendes Schlauchboot.

»Der Wagen soll auf den Prahm gezogen werden«, sagte Stadler. Er zog seine Jacke an, knöpfte sie mit einer Hand zu und verließ das Steuerhaus, während das Polizeiboot mit verminderter Geschwindigkeit einen weiten Bogen beschrieb und stromaufwärts an der Plattform anlegte. Nebenan vertäuten zwei Männer die Leinen des Polizeibootes, die Stadler ihnen zugeworfen hatte. Bei einer Seilwinde sah Grabbe zwei Taucher im Gespräch mit mehreren Feuerwehrkollegen stehen.

Stadler kam zurück. »Möchten Sie die überstreifen?« Er reichte Grabbe eine orangefarbene Schwimmweste und half ihm dabei, sie festzuschnallen. Sie anzunehmen hatte Grabbe keine Sekunde gezögert.

Der Schlacks gab das Steuer an seine Kollegin Simone weiter. Grabbe folgte Stadler, der rüber auf die Plattform sprang und ihm eine Hand reichte, die er dankbar annahm.

Die Arbeitsplattform lag längst nicht so ruhig im Wasser, wie Grabbe angenommen hatte. Der Boden hob und senkte sich merklich. Bis zum Ufer waren es gut und gerne fünfzig Meter. Er wankte Stadler zu der Mannschaft hinterher, die an der Seilwinde versammelt war. Dort stellte ihn der Wasserschutzpolizist den Männern vor. Zwei der Leute gehörten zur Besatzung des Schleppers und bedienten auf dem Prahm die Seilwinde, während die beiden Taucher der Berufsfeuerwehr von zwei Kollegen an Bord gesichert wurden.

Als die Taucher das Wrack mit Hebeballons gesichert hatten, konnte die Seilwinde Zentimeter um Zentimeter das Stahlseil einholen. Eine schräge Plattform wurde ausgefahren, auf der bald eine glänzend runde Form zu erkennen war, die an einen großen Fisch erinnerte. Was einer leeren Augenhöhle glich, stellte sich als der hohle Scheinwerfer des Wagens heraus. Nach und nach kam der ganze Wagen zum Vorschein. Aus den geborstenen Fenstern ergoss sich das Wasser auf die Stahlplanken. Grabbe wartete ab, bis das Wasser nur noch aus den Türrahmen und verschiedenen Öffnungen am Unterboden lief, bevor er sich dem Wagen näherte. Die Lackierung schien von dem grauen und an manchen Stellen rostfarbenen Blech komplett weggebrannt zu sein. Im Inneren ragten die Sitze und die Bügel der Kopfstützen aus einer graubraunen Brühe.

»Gibst du gleich über Kanal zehn durch, dass wir die Kiste geborgen haben und die Schifffahrt wieder freigegeben ist?«, rief Stadler seinem Kollegen zu, der sich tief nach vorn beugte, um mit der Kamera durchs Heckfenster in das Wageninnere zu fotografieren. Er ging immer näher heran, drückte immer wieder auf den Auslöser und nahm dabei in Kauf, dass Wasser aus dem Wagen über seine Schuhe lief, während er Kopf und Schultern durch das Loch zwängte, wo sich vorher die Heckscheibe befunden hatte.

Für Grabbe konnte das nur eines bedeuten. Er trat zögernd näher.

»Ein Glück, dass ich einen Polfilter habe, um die Spiegelungen zu brechen«, murmelte der Schlacks, während er weiter auf den Auslöser drückte und dann den Blitz zuschaltete.

Was da im Wasser dümpelte, erinnerte Grabbe eher an eine jahrhundertealte verwitterte Skulptur mit dunkler Oberfläche. An Haut und Haare dachte er nicht, dafür war zu wenig Menschliches vorhanden.

Grabbe nahm sein Handy heraus und rief Gabi an: »Ich brauche dich und die Spurensicherung, die Gerichtsmedizin, das volle Programm.« Er wunderte sich, mit welch fester Stimme er noch sprechen konnte, nach dem, was er gerade gesehen hatte.

»Wo bist du?«, fragte Gabi.

»Immer noch auf der Mosel zwischen Ehrang und Quint.« Grabbe sah zu einem Schiff hinüber, das sich langsam moselaufwärts schob.

»Meine Jacht ist leider schon winterfest. Wie stellst du dir vor, wie wir zu dir kommen sollen?«

»Mir ist absolut nicht nach Scherzen zumute.«

»Das war auch mein Ernst.«

»Du kannst dir gar nicht vorstellen wie …« Grabbe brach ab. Bei ihm dauerte es oft eine Weile, bis ein Ereignis in voller Tragweite in sein Bewusstsein drang. Der Schreck fuhr ihm buchstäblich in die Knochen. Er fühlte sich mit einem Mal entsetzlich müde und hätte sich gerne hingelegt. Aber hier gab es nicht einmal eine Bank oder einen Stuhl.

»Grabbe, alles okay?«, kam Gabis leicht besorgt klingende Stimme aus dem Hörer.

Kaum war der Lastkahn vorbei, hüpfte der Prahm mit seinen Anliegern auf den Wellen. Direkt dahinter folgte ein zweites Schiff und ließ seine Wellen in die vorherigen übergehen. Grabbe wankte zum Rand und hielt sich mit einer Hand an der Relingschnur fest. Mit der anderen fasste er sich an die Stirn. Die Plattform schien gar nicht mehr zur Ruhe zu kommen. Stadlers Tipp, in die Fahrtrichtung zu schauen, half auf einem vor Anker liegenden Verband nichts. Grabbe stand mit offenem Mund auf dem Deck und atmete tief ein und aus. Seine Beine gaben nach, die Übelkeit gewann die Oberhand. In dem Gefühl, er würde auf der Stelle sterben, kniete er sich auf den nassen Boden, ließ die Schnur los, bekam eine Stange an der Reling zu fassen, bevor er sich über Bord in das schnell vorbeifließende Wasser erbrach.

Er spürte nicht, wie Stadler ihn hinten am Kragen seiner Jacke packte, während er das Mobiltelefon vom Deck nahm und Gabis Stimme hörte, die immer wieder ein fragendes Hallo rief.

»Gabi?«

»Ja, geht es wieder?«

»Klar, warum sollte es nicht?«, sagte Stadler in seiner aufgeräumten Art.

»Günther?«

»Ja, ich bin's, dein Kollege ist gerade … unpässlich.«

»Was ist los?«

»Da schwimmt in der Tat eine Leiche in dem Wagen.« Stadler guckte hinunter zu Grabbe, der einen zweiten Schwall zu den Fischen schickte.

»In welchem Wagen?«

»Ja, der gerade gehoben worden ist.«

»Kennzeichen?«

»Sind keine dran«, sagte Stadler.

»Und nun?«

»Wir kommen hoch zum Bauhof an der Schleuse Feyen.«

»Wann seid ihr da?«, fragte Gabi.

»Ich schätze, eine gute Stunde werden wir brauchen, plus Schleusengang.« Stadler beugte sich hinunter und steckte das Mobiltelefon in die oberste Tasche von Grabbes Sakko.

*

Vor dem Steuerraum des Schleusenwärters an der Trierer Staustufe blies der Wind unangenehm kühl von Osten her über das Wasser. Walde sah über die tiefe Schleusenkammer, deren Tore vom letzten talwärtigen Schleusen noch offen standen, auf die Staumauer. Neben ihm lehnte Gabi rauchend an der Scheibe. Die Ringe unter ihren Augen waren heute fast so dunkel wie die von Doris. Walde stellte fröstelnd den zu kurzen Kragen seiner dünnen Stoffjacke hoch. »Wie kommt es eigentlich, dass Grabbe alleine gefahren ist?«, knüpfte er an die Frage an, der sie bei ihrem Telefonat am Mittag ausgewichen war.

»Um das zu erfahren, bist du hergekommen?«, fragte Gabi.

Walde fragte sich selbst, warum er sich hatte von Gabi abholen lassen, nachdem sie ihn mehr oder weniger pro forma über den Leichenfund informiert hatte.

»Da!« Gabi schnippte ihre nur angerauchte Zigarette über den Rand des Stauwehrs. Während Walde vergeblich auf das Zischen der im Wasser erlöschenden Kippe wartete, folgte sein Blick dem moselabwärts ausgestreckten Arm seiner Kollegin. Wo vorhin das zweite der beiden talwärts geschleusten Schiffe um die Biegung verschwunden war, kam nun das kleine Boot der Wasserschutzpolizei um die Kurve, und gleich darauf war der Prahm zu sehen. Der graue Punkt darauf musste das Autowrack mit der Leiche sein, wegen der nicht nur sie beide, sondern auch Sattler mit einem Teil seines Teams von der Kriminaltechnik und Dr. Hoffmann von der Gerichtsmedizin gekommen waren. Diese drängten sich nebenan im Steuerraum.

Die Boote näherten sich nur langsam. Auf dem letzten Stück ließ das Polizeiboot den Prahm mit dem Schlepper vorbei, bevor es dahinter in die lange Schleusenkammer einfuhr, wo der Verband wie Spielzeugboote in einer Badewanne wirkte.

Stadler winkte. Er stand an der Reling und wechselte immer wieder das Sicherungsseil in den leiterförmig übereinander angeordneten Einbuchtungen, an denen entlang das Boot langsam emporgehoben wurde. Grabbe und der um einen Kopf größere Wasserschutzpolizist am Steuer hoben fast synchron die Hand.

Die Lichter entlang der Schleusenkammer wurden eingeschaltet, als die Gruppe um Sattler mit dem Gerichtsmediziner im Schlepptau das Schleusenhaus verließ und sich zu dem kleinen Hafenbecken nebenan auf den Weg machte. Gabi und Walde trotteten hinter ihnen her.

In dem tristen Hafenbecken dümpelte ein rostiger Schlepper, der so aussah, als täte er das nicht erst seit gestern. Dahinter führten Schienen an einer schrägen Betonrampe hoch, die an einer Ansammlung von Regalen endeten, in denen allerhand Kram unter freiem Himmel lagerte. Daneben parkten die Wagen. Tabakgeruch wehte von der nahen Zigarettenfabrik herüber.

Die Plattform legte an einer mit Autoreifen verkleideten Rampe an. Immer noch tropfte Wasser aus dem Wrack, dessen wenige verbliebene Scheiben angelaufen waren. Aus dem Wagenboden führte ein Stahlseil zu dem Ausleger einer Seilwinde. Von den Männern der Kriminaltechnik wurden zügig Gerätschaften herangebracht, während Stadler von dem dahinter anlegenden Polizeiboot auf den Prahm sprang und das Boot mit Leinen festzurrte. Am Ufer lehnte Gabi eine von Stadler angebotene Zigarette ab. Scheinwerfer wurden aufgestellt. Auch Walde und Dr. Hoffmann trugen nun weiße Overalls wie Sattler und seine Teamkollegen.

»Geht es dir wieder besser?« Der Wasserschutzpolizist kickte mit dem Fuß einen Klumpen harten Teer in Richtung Wasser.

»Hmh, abgesehen davon, dass ich mich auf den Feierabend gefreut hatte«, antwortete Gabi.

Stadler musterte sie von der Seite. »Wohl letzte Nacht zu wenig Schlaf gekriegt.«

»Was guckst du so wissend?«, fragte sie.

»Du sollst gefeiert haben.«

»Was hab' ich?«

»Gefeiert.«

»Wer sagt das?«

»Warst du nicht auf einer Premierenfeier?« Stadler schaute wieder zur Plattform, wo die Scheinwerfer das Wrack in helles Licht tauchten. »Wenn die Theaterleute ins Bett gehen, muss unsereins zur Arbeit.«

»Aha!«

Walde sah die verrußten Teile im Wageninneren. Die Scheiben waren überhaupt nicht angelaufen, sondern die milchige Farbe war durch die Hitze verursacht worden.

Als von allen Seiten des Wracks Fotos gemacht waren, griff Sattler in die Einbuchtung am unteren Rand der Heckklappe. Ein Kollege half ihm, das klemmende Teil nach oben zu wuchten und hielt es fest, während Walde sich hineinbeugte. Er hatte versucht, wie schon so oft, sich auf das zu Erwartende einzustellen. Das sollte ihm helfen, halbwegs analytischen Gedanken nachzugehen und sich nicht allzu sehr mit dem eigenen Entsetzen oder Ekel beschäftigen zu müssen. Meistens funktionierte es. Aber diesmal nicht. Er wusste, was mit Menschen im Feuer geschah. Und doch war es hier anders. Auf den ersten Blick hätte es ein Kind sein können, das hier in Embryonalstellung vor ihm lag, das Gesicht ihm zugewandt. Von Gesicht konnte jedoch keine Rede mehr sein. Den vor der Brust angewinkelten Armen fehlten die Hände, die wohl in höchster Not vor das Gesicht gehalten worden waren. So bald, wahrscheinlich niemals, würde er diesen Anblick vergessen können. In Sekunden hatte er die Details der Szenerie gespeichert. Die Bilder würden sich kaum von denen unterscheiden, die gleich gemacht wurden. Sie waren nicht dazu geeignet, an einer Pinnwand im Büro oder sonst wo zur Schau gestellt zu werden. Sie würden zwischen den Akten landen und nur von denen länger betrachtet werden, denen keine andere Wahl blieb. Hinzu kam dieser Gestank, ein Gemisch aus beißendem Brandgeruch und fauligen Moselwassers. Ersterer hatte Facetten von Fleisch, Plastik und Stoff. Vielleicht spielte ihm aber auch seine Einbildung einen Streich und er nahm den Geruch so wahr, weil es seiner Konditionierung entsprach.

Walde machte den Platz für Dr. Hoffmann frei und ging zu Sattler, der etwas abseits in einer dem Wasser zugewandten Ecke des Prahms stand. Er atmete schwer.

»Wir sollten …«, Sattler musste sich räuspern, »den Wagen ins Präsidium bringen und da in Ruhe untersuchen.«

Nebenan flammten schnell hintereinander die Blitze einer Kamera auf.

»In Ordnung. Dann nehmen wir uns erstmal die Stelle vor, wo das Auto gebrannt hat und in die Mosel gerollt ist«, sagte Walde und registrierte, wie Sattler verstohlen auf seine Uhr schaute.

Walde drehte sich zu Dr. Hoffmann um, der mit einem Senken der Augenlider sein Einverständnis signalisierte, bevor er den beiden Männern zunickte, die am Ufer mit dem Alusarg warteten. Der Gerichtsmediziner half persönlich, die Leiche in eine Folie zu hüllen und dann in den Sarg zu heben.

Nachdem der Leichenwagen abgefahren war, setzte ein Abschleppwagen zurück. Als die Hinterräder über die Stahlplattform an Deck rollten, neigte sich der Prahm, wobei die Verbindungen zu dem Schlepper markerschütternd knirschten. Nebenan öffnete sich auf dem Polizeiboot die Tür des Steuerhauses. Grabbe kam heraus. Er ging an der Reling entlang und reckte den Kopf, bis er eine Stelle fand, wo er, sich vorsichtig am Geländer festhaltend, auf den Prahm wechselte.

Gabi und Stadler kamen ebenfalls auf das Schiff. Alle trafen sich am Wrack, vor dem Sattler in die Hocke gegangen war, um zu überwachen, wie das Abschleppseil befestigt wurde.

»Der Brand ist eindeutig nicht im Motorraum entstanden«, rief der Techniker.

»Ist der Tank explodiert?« Gabi ließ sich von Stadler Feuer geben.

»Du guckst zu viele Actionfilme.« Der Chef der Kriminaltechnik zeigte auf den hinteren Teil des Kastenwagens. »Nach dem Zustand der Reifen zu urteilen, ist es hinten losgegangen.«

»Also hat jemand Benzin oder Ähnliches darunter gekippt.«

»Nicht unbedingt«, sagte Sattler. »Auch wenn ein Brandbeschleuniger über das Auto gegossen wurde, so kann er sich dennoch darunter gesammelt haben.«

Walde ging neben den Wagen. Die Vorderreifen waren zwar platt, aber noch vorhanden, wohingegen an der hinteren Achse nur noch die blanken Felgen übrig geblieben waren. Der Lack auf der Karosserie war verschwunden, als hätte ihn jemand abgeschliffen. Um die Heckklappe herum hatte das Blech eine rostbraune Farbe angenommen.

»Der Wagen weist keine Beschädigungen auf, die auf einen Unfall schließen lassen«, sagte Sattler.

»Kann es Selbstmord gewesen sein?«, fragte Gabi.

»Wenn du mir zeigst, wie jemand den Brandbeschleuniger, den er draußen verschüttet hat, von innen entfacht?«

»Indem er eine Kippe aus dem Fenster wirft.« Gabi schnippte ihre über Bord.

»Okay, aber wie macht er das, wenn er im Kofferraum liegt?«

»Ich bin dann mal weg«, verabschiedete sich Dr. Hoffmann.

»Wann werden wir von Ihnen hören?«, rief Walde ihm nach.

»Möchte jemand der Obduktion beiwohnen?« Der Gerichtsmediziner war auf der Rampe zum Ufer stehen geblieben und drehte sich um. Außer Walde sah ihn niemand an.

»Ich melde mich, sobald ich Ergebnisse habe.« Hoffmann geriet ins Stolpern, weil er die Schräge der Rampe anscheinend unterschätzt hatte.

»Wann etwa?«, rief Walde.

»Sobald ich was habe.« Hoffmann war schon kaum mehr zu verstehen.

*

Auf der stadtauswärts führenden Uferstraße gerieten sie in einen Stau. Nebenan auf den Fußgänger- und Radwegen waren viele Menschen unterwegs, alle in die gleiche Richtung. Als Walde den ersten blauweißen Schal entdeckte, wurde ihm klar, dass die Eintracht heute wohl ein Heimspiel hatte. Hinter dem Moselstadion löste sich der Stau auf. Eine Zeitlang schwiegen sie. Dann stöhnte Grabbe auf. »Ich bin total fertig. Meine Klamotten sind dreckig. Meine Schuhe sind nass.« Er nahm etwas in graues Papier Gewickeltes aus der Tasche. Es war Butterbrotpapier, wie Walde es zuletzt, er wusste es nicht, vielleicht vor Jahrzehnten gesehen hatte. Er wunderte sich, dass es das immer noch gab. Grabbe kaute auf einem Butterbrot, das er mit spitzen Fingern zwischen das knisternde Papier geklemmt hatte. Er brach den am Rand überstehenden hart und dunkel gewordenen Käse ab, ließ seine Fensterscheibe herunter und warf das Stück hinaus.

»Hasenbrot, so hat es mein Vater immer genannt, da war ich ganz heiß drauf. Aber so trocken kann es damals nicht gewesen sein.« Grabbe verzog das Gesicht. »Soviel Hunger kann ich gar nicht haben. Außerdem bin ich zu müde zum Essen, aber ich muss was in den Magen kriegen.«

»Ich bin schon etwas länger als du auf den Beinen. Aber das wissen ja schon alle Leute«, blaffte Gabi ihren Kollegen an. »Danke, dass ich mich auf deine Diskretion verlassen kann. Steht es morgen auch in der Zeitung, dass ich angeblich letzte Nacht etwas länger in der Theaterklause war?«

»Ich hab das nur gesagt, um mich von dem ganzen Horror abzulenken, den du mir eingebrockt hast.«

»So eine Ausrede ist mir auch noch nicht untergekommen«, meckerte sie.

»Kann schon sein, es ist aber so. Und außerdem ist mir schlecht vor Hunger.«

Walde wunderte sich, als Gabi hinter der Autobahnabfahrt auf den hell erleuchteten Parkplatz eines Supermarktes einbog. Sie kurvte zwischen den volle Einkaufskörbe schiebenden Feierabendkunden und den an- und abfahrenden Autos durch ein Labyrinth aus langen Blechreihen, um schließlich vor einem Imbiss zu halten. Als Grabbe und Gabi ausstiegen, trieb der Wind den Geruch aus der Frittenbude ins Wageninnere und setze auf Waldes Netzhaut die Bilder aus dem Kangoo frei. Mit gerümpfter Nase schaute er Gabi und Grabbe nach. Er hatte am Nachmittag noch zusammen mit Doris und der gut gelaunt aus dem Kindergarten heimgekehrten Annika Gemüsesuppe gegessen und war froh, die vorhin auf dem Prahm bei sich behalten zu haben.

Auf der dunklen Holperstrecke des Kiesgrubengeländes hörte Walde, wie der Unterboden und die Flanken des Wagens mit Schlamm paniert wurden. Gabi versuchte, den Wagen auf dem rutschigen Gelände in der Spur zu halten. Das blendend helle Display des Navigationsgerätes zeigte ringsum Seen und Tümpel der Kiesgruben. Sie bremste abrupt, als zwei parkende Pkws im Licht der Scheinwerfer auftauchten. Sie gehörten zur Kriminaltechnik. Sattler und seine Leute hatten wohl den Stau am Moselstadion über die linke Moselseite umfahren. Über platt getretene Gräser und Disteln ging Walde auf einen Lichtschein zu, der von einem Brückenpfeiler reflektiert wurde. Hoch oben auf der Brücke war das Rauschen des Verkehrs und ein regelmäßiges Doppelklacken von Fahrzeugen zu hören, die über den Spalt zwischen der Brückenkonstruktion und dem Betonteil auf dem Festland ratterten. Unter der Brücke arbeiteten bereits die in weiße Overalls gekleideten Kriminaltechniker im Licht der ringsum aufgestellten Strahler.

Walde fiel als erstes das Rechteck auf dem abschüssigen Hang ins Auge, wo das Auto gebrannt haben musste. Von dort waren es nur noch wenige Meter bis zum Wasser. Er glaubte, Spuren vom Brandort hinunter zum Fluss zu erkennen.

Etliche Markierungen mit Nummern waren im Gelände aufgestellt. Die meisten konzentrierten sich auf die Brandstelle. Fotos wurden gemacht. Wenn ein Gegenstand in eine Tüte wanderte, markierte eine weitere Nummer den Fundort.

»Ich habe wenig Hoffnung, dass wir etwas mit den Reifen- oder Fußspuren anfangen können. Dafür scheint hier gestern Nacht zu viel los gewesen zu sein.« Sattler bückte sich und hob etwas auf, das so klein war, dass es zwischen seinen Fingern verschwand. Der Techniker schob seine Brille über die Stirn und prüfte es mit zusammengekniffenen Augen. »Ich denke mal, die Feuerwehr hat da vorn und die Kollegen von der Schweicher Polizei haben hier geparkt.« Während er auf die verschieden breiten Reifenspuren in dem gelblichen Lehm zeigte, warf er das Teil zu Boden.

»Können wir?«, fragte Walde und deutete dahin, wo sich die Zone befand, die normalerweise mit einem Absperrband vor Unbefugten geschützt wurde. Hier draußen gab es keine Neugierigen, die zurückgehalten werden mussten.

»Hier ist sowieso nichts mehr zu zerstören«, nörgelte Sattler.

Walde schaute zu Boden. Das feuchte Gestrüpp hatte seine Wildlederschuhe dunkel eingefärbt. Als er wieder aufblickte, sah er, wie einer der Techniker aus Sattlers Team, der mit einem kleinen Rechen durch den Schutt fuhr, ein großes Stück Blech herauszog und es Gabi reichte, die ohne groß zu fragen näher getreten war. Es war ein verrußtes Nummernschild, das sie an Grabbe weitergab.

»Nenn' mir mal das Kennzeichen«, bat sie, während sie ihr Handy aus der geräumigen Handtasche kramte.

»Das ist doch total verbrannt und unleserlich.«

»Dann kratz' es frei.«

»Wie denn?«

»Darf ich?« Der Techniker nahm Grabbe das Schild aus der Hand.

»Kratzen ist nicht nötig, es ist eingestanzt.« Er tastete

mit den dünn behandschuhten Fingern über die Einbuchtungen der Rückseite wie ein Blinder über eine Brailleschrift.

»Darf ich es mal versuchen?« Gabi nahm das Schild.

Oben dröhnte die Hupe eines Lkws, Bremsen quietschten so durchdringend, dass alle unten im Gelände innehielten. Der Knall einer Kollision blieb aus.

Vor ihnen ließ der bedächtige Pulsschlag des Flusses winzige Wellen über den Kies rollen. Walde verspürte Lust, einen flachen Stein über die Wasseroberfläche hüpfen zu lassen.

»Dahinten war es, wo wir den Wagen rausgeholt haben.« Er folgte dem Finger seines Kollegen Grabbe. Ein kalter Wind blies von Osten die Mosel hinauf. Seltsam, entweder blies es aus Westen oder aus Osten. Walde versuchte sich zu erinnern, wann es in Trier zuletzt mal Nord- oder Südwind gegeben hatte.

»Wie kam es eigentlich, dass du heute mit dem Boot gefahren bist?«

»Das hat sich so ergeben«, wich Grabbe aus. »Wie du weißt, arbeite ich an mir.«

Weiter draußen auf dem Fluss platschte es, als lande ein Stein im Wasser. Walde wandte sich zum Ufer um. Die Brückenpfeiler nahmen die Sicht auf die Autobahn, deren Getöse unvermindert bis hierher drang. Zwei Gestalten näherten sich. Eine davon war seine Kollegin Gabi. Dahinter zeichnete sich im Gegenlicht der Lampen die Silhouette einer weiteren Frau ab. Sie hatte sehr feminine Konturen, obwohl sie, wie er bei ihrem Näherkommen feststellte, eine

Polizeiuniform trug.

»Das ist Caroline«, stellte Gabi die junge Polizistin vor. »Sie war letzte Nacht hier im Einsatz.«

»Hallo.« Sie hob lächelnd eine Hand.

»Und Sie waren gestern Abend hier, nachdem der Brand gemeldet worden war?«, fragte Walde.

»Die Feuerwehr war vor uns da. Aber das Auto war schon weg. Ich habe gerade von der Leiche gehört.«

»Gab es sonst noch Zeugen oder Gaffer?«

»Nein.« Als sie den Kopf schüttelte, rutschte ihr blonder Zopf aus dem Kragen ihrer Uniformjacke. »Als erster hat jemand von einem Schiff aus den Brand gemeldet. Danach gab es auch noch Anrufe von Leuten, die den Brand von der Autobahn aus bemerkt haben.«

»Und sonst ist Ihnen nichts aufgefallen?«

»Mein Kollege und ich haben hier noch kurz das Gelände abgesucht. Er ist noch auf dem Revier und erledigt die Übergabe mit der Spätschicht.«

»Wo genau hat Ihr Wagen gestanden?« Sattler war zu ihnen getreten.

»Die Feuerwehr war schon da.« Die Polizistin zeigte mit dem Finger zum Brückenpfeiler. »Wir haben dahinter angehalten.«

»Könnte ich das etwas genauer gezeigt bekommen?« Der sonst so sachliche Kriminaltechniker lächelte Caroline an.

Gabis Telefon klingelte. Sie hörte kurz zu. »Es gibt eine Vermisstenmeldung von heute, in der dieses Kennzeichen auftaucht«, gab sie die Information weiter. »Der Wagen ist auf einen Gerhard Roth gemeldet. Das ist der vermisste Linke.«

Ein kalter Windstoß ließ alle vier die Arme verschränken. Walde stellte den Kragen seiner Jacke auf. »Dann fahren wir hin.«

»Kann das nicht bis morgen warten? Das schaffe ich nun wirklich nicht mehr«, nörgelte Grabbe. »Und mit der dreckigen Jacke kann ich nirgendwo mehr hin.«

*

Während Gabi klingelte, blieb Walde hinter ihr auf dem Bürgersteig stehen. Das Haus mit der Nummer 21 hatte, genau wie die anderen in der Reihe, ein Steinrelief über der Tür. War es eine stürzende Taube, die früher, und vielleicht auch heute noch, manchen Kindern Orientierung gab, wenn sie in dem Einerlei aus baugleichen Häusern ihr Zuhause suchten? Eine Friedenstaube mutete ihn unpassend für eine ehemalige Wohnsiedlung des Militärs an. Bis zu ihrem Abzug wohnten hier Angehörige einer französischen Einheit mit ihren Familien. Während er sich fragte, ob er schon einmal eine Darstellung einer Friedenstaube im Sturzflug gesehen hatte, summte der Türöffner.

Die Frau in der Wohnungstür im zweiten Stock beantwortete Gabis Frage, ob sie Marlene Roth sei, mit einem Kopfnicken und führte sie wortlos in ein hell erleuchtetes Wohnzimmer. Walde setzte sich neben Gabi auf die Couch. Er nahm den Kummer im Gesicht der Frau wahr, die ihnen gegenüber mit zusammengepressten Knien und steif aufgerichtetem Rücken auf der Kante eines Sessels saß. Walde schätzte sie auf Anfang vierzig. Ob sie realisierte, was Gabi ihr mit vorsichtig gewählten Worten berichtete, war ihr nicht anzumerken. Aber sie schien bereits in der Tür erfasst zu haben, was ihr Besuch bedeutete. Für alles andere hätte auch ein Anruf genügt.

Auf dem glatt polierten Tisch lag ein Fernsehprogramm. Der Fernseher an der gegenüberliegenden Wand war nicht einmal auf Standby geschaltet. Ein edel anmutender Plattenspieler stand auf der Kommode, daneben angelehnt ein paar LP-Hüllen auf dem hellen Teppich. Walde erinnerte sich, dass er früher, wenn er bei Leuten zum ersten Mal zu Besuch war, immer gerne die Plattensammlung durchgesehen und dabei einiges über den Besitzer oder die Besitzerin herauszufinden geglaubt hatte.

Hier auf dem Sofa hätten die beiden um diese Zeit wahrscheinlich gesessen, wenn nicht geschehen wäre, was geschehen war.

»Ist er es?« Für diese drei Worte schien die Frau ihre ganze Kraft zu brauchen.

»Wir können nicht definitiv sagen, um wen es sich bei der Person handelt«, hörte er Gabi behutsam sagen. »Bei welchem Zahnarzt war Ihr Mann in Behandlung?«

Als Marlene Roth den Namen des Zahnarztes nannte, nahm Walde seinen Notizblock heraus, froh, beim Schreiben die Frau nicht anschauen zu müssen, bei der die Informationen der beiden fremden Polizisten auf ihrem Sofa noch nicht so ganz angekommen zu sein schienen.

Sie berichtete, wie sie tags zuvor am späten Abend unruhig geworden war, vergeblich versucht hatte, ihren Mann zu erreichen, wie sie später in der Geschäftsstelle der *Linken* erfahren hatte, dass er dort trotz Verabredung nicht erschienen war, in den Krankenhäusern angerufen hatte, am frühen Morgen die Supermärkte abgefahren war, bei denen ihr Mann regelmäßig Lebensmittel für die *Tafel* abholte. Für diese Einrichtung engagierte er sich ehrenamtlich. Später, als er auch nicht an seiner Arbeitsstelle bei der Caritas erschienen war, hatte sie eine Vermisstenmeldung bei der Polizei aufgegeben.

An diesem Punkt erwartete Walde einen Zusammenbruch, aber er blieb aus. Gabi konnte Marlene Roth überreden, eine in Trier lebende Schwester anzurufen, die zusagte, gleich zu ihr zu kommen.

Als Gabi nach dem Engagement ihres Mannes bei den *Linken* fragte, berichtete sie, dass er in den letzten Monaten hin und wieder auf Versammlungen der Partei gegangen war und sich eher widerstrebend bereit erklärt habe, auf einem der hinteren Plätze der Wahlliste zum Stadtrat zu kandidieren. Gestern Abend wollte er beim Plakatieren helfen, war aber nicht beim Wahlbüro erschienen. Den weitaus größeren Teil seiner Freizeit widme ihr Mann der *Tafel*, einer Organisation, die an zwei Tagen in der Woche Lebensmittel an Bedürftige abgab und darüber hinaus verschiedene Einrichtungen, darunter Sozialküchen und Kindergärten, unterstützte. Er hole zweimal die Woche in aller Frühe Lebensmittelspenden bei Supermärkten und Großhändlern ab und habe sich eigens dafür den Renault Kangoo zugelegt. Sie selbst habe einen Teilzeitjob in der Schreibwarenabteilung eines Kaufhauses.

Gabi vermied Fragen nach eventuellen Problemen ihres Mannes, nach Feinden oder sonstigen Schwierigkeiten. Umgekehrt fragte die Frau ebenfalls nicht nach den näheren Umständen, unter denen der Wagen ihres Mannes aufgefunden worden war, geschweige denn nach Details der Leiche, die sich darin befunden hatte.

Gabi ließ sich ein Bild des Vermissten geben. Es zeigte einen circa vierzigjährigen Mann mit dunklen Augen und Zappabärtchen, der triumphierend ein Plattencover in die Kamera hielt.

Als es klingelte und kurz darauf Marlene Roths Schwester das Wohnzimmer betrat, erhoben sich Gabi und Walde, um sich zu verabschieden.

Im Treppenhaus war von oben ein Schluchzen zu hören.

»Sie lässt es endlich raus«, sagte Gabi seufzend.

Auf der Fahrt zurück in die Innenstadt sagten beide kein Wort. Walde brach das Schweigen erst, als er seine Kollegin bat, ihn in der Nähe des Hauptmarktes aussteigen zu lassen.

»Du willst noch nicht nach Hause?«, fragte Gabi überrascht.

»Doch, aber vorher schaue ich noch bei Uli rein.«

Gabi sah auf ihre Uhr. »Ich könnte auch noch was essen.«

Vom Turm von St. Gangolf läutete eine Glocke, als Walde und Gabi von der Jakobstraße auf den verlassenen Platz einbogen. In der *Gerüchteküche* befanden sich neben Waldes Freunden Jo, als Gast vor, und Uli, als Wirt hinter der Theke, nur noch ein turtelndes junges Pärchen an einem

Tisch.

»Wem die Lumpenglocke schlägt!«, sagte Jo in bedeutungsschwangerem Ton.

Walde schaute auf seine Uhr. Sie zeigte kurz vor neun. »Seit wann schlägt die schon so früh?«

»Da habt ihr aber Glück, dass ich noch nicht geschlossen habe«, sagte Uli, der bereits hinter dem Tresen alles blitzsauber hatte.

»Und was wäre aus mir geworden?«, beschwerte sich Jo.

»Dich hätte ich eingeschlossen.«

Waldes Armbanduhr war stehen geblieben. Er zog sie auf und stellte sie auf zehn Uhr vor. Wenn er gewusst hätte, wie spät es war, wäre er nicht mehr hierher gekommen.

Als Walde ein Federweißer serviert und Jos Glas mit einer milchigen Flüssigkeit nachgefüllt wurde, blickte Gabi von der Speisekarte auf. »Wo gibt es denn so spät im Jahr noch Federweißen?«

»Viele Weingüter lassen ihre Trauben bis in den November reifen«, erklärte Jo, der als Experte für Weinbau im Landwirtschaftsamt arbeitete und darüber hinaus das Amt des Kommissars für Reblausbekämpfung inne hatte. »Beim Riesling werden nun Spätlesen und Auslesen gelesen. Bereits beim Federweißen zeigt sich, was der Jahrgang zu bieten hat.«

»Und?«

»Lecker!«

»Das macht mich neugierig«, sagte Gabi. »Kann ich auch einen haben, und gibt es auch noch was zu essen?«

»Weil ihr es seid!«, seufzte Uli. »Ich hab' noch Zwiebelsuppe.«

Als er ein paar Minuten später zwei duftende Schalen mit Suppe und ein Körbchen mit Brot auf den Tresen stellte, war Jo gerade dabei, Federweißen in die Gläser nachzuschenken.

»Guten Appetit!« Uli fügte dem Pappdeckel unter Jos Glas drei weitere Striche hinzu. Nachdem er am Tisch des Pärchens abkassiert hatte, löschte er das Licht im Raum bis auf zwei Lampen über der Theke.

»Du bist noch nicht müde?«, fragte Walde zu Gabi hinüber.

»Total fertig ist untertrieben, ich finde gar keine Worte dafür, wie ich mich fühle, aber zu Hause würde ich auch etwas essen und trinken. Und das hätte ich mir auch noch selbst herrichten müssen.« Gabi stützte den Kopf in die Hand. »Und so lecker wie hier wäre es sicher auch nicht …« Sie fasste nach ihrem klingelnden Handy. »Ja?«

»…«

»Ihr seid schon fertig … wie war's?«

»…«

»In der *Gerüchteküche*.«

»…«

»Nein, besser bei mir zu Hause. Ich bin in einer halben Stunde da.«

»War das dein Neuer?« Uli schenkte Gabi und Walde nach. Jo deckte mit einer Hand sein Glas ab.

»Woher weißt du denn davon?«

»Weißt du nicht mehr, wie diese Lokalität heißt?«

»Okay, ich hab' einen neuen Freund.« Gabi schmunzelte. »Er sieht gut aus, ist kreativ und auch sportlich.«

»Wieder ein Tangotänzer?«

»Nein, er ist Läufer, also hobbymäßig.« Sie grinste. »Das hat sich wohl schon wie ein Lauffeuer verbreitet.«

»Dass du läufig … dass du was mit einem Theaterfritzen am Laufen hast?«

»Mhm, es läuft alles bestens. Wenn du magst, halte ich dich weiter auf dem Laufenden.«

»Sollte er deine Laufbahn zu sehr gefährden, gib ihm den Laufpass.«

»Wer weiß, wie lange das überhaupt noch läuft.«

»Passt mal auf, dass keiner von euch auf der Strecke bleibt!« Jo schob Uli seinen Deckel zu. »Kann ich bitte zahlen?«

»Der Abend ist ganz schön ins Geld gelaufen.« Uli zählte die Striche zusammen.

»Jetzt lass mich gefälligst aus eurem Laufgedöns raus.«

»Welche Laus ist dir denn plötzlich über die Leber gelaufen?«, konnte es Uli nicht lassen.

Jo holte tief Luft. »Da ist mir heute Mittag was ganz Spannendes mit einer Reblaus passiert …« Jo schaute mit offenem Mund Uli nach, der in der Küche verschwand, und Gabi, die Richtung Klo unterwegs war.

»Hast du das mitgekriegt?«, wandte sich Jo an Walde, der vorgab, eine Nachricht auf seinem Handy zu lesen.

Kurz darauf brachen Walde und Gabi auf. Vor der Tür tippte Jo Gabi an die Schulter: »Willst du nach dem Federweißen noch Auto fahren?«

»Was ist mit dem?«

»Federweißer hat auf halbem Weg zum fertigen Wein etwa fünf Prozent Alkohol, der hier etwas mehr, ich schätze mal sieben Prozent.«

»Und das sagst du mir erst jetzt«, maulte Gabi.
»Ich dachte, du bist alt genug und man müsste dir nicht mehr die Welt erklären.«
»Ich hab' wirklich geglaubt, mit dem Federweißen wäre es wie mit süßem Viez.«

*

Doris war bereits zu Bett gegangen, als Walde nach elf Uhr die Wohnung betrat. Im Schlafzimmer schlich er sich, ohne Licht zu machen, ins Bett. Während er auf den Atem des Babys hörte, döste er weg.
»Ist da mein Löffel?«
Walde zuckte zusammen. »Du bist noch wach?«
»Nur ein bisschen.«
Er robbte zu ihr hinüber.
»Und, was war?«
»Doch nicht jetzt«, zischte er und legte seine Nase in ihren Nacken. Er schnupperte einen Hauch Parfum.
»Wann dann?«
»Morgen früh.«
»Dann gehst du doch zur Arbeit.«
»Das ist nicht gesagt.« Er schob eine Hand unter ihr hoch gerutschtes Nachthemd. Ihre Haut war weich und warm.
»Was ist denn geschehen?«
Walde flüsterte ihr seufzend eine Kurzfassung des Falls

ins Ohr. Als er schon glaubte, sie sei eingeschlafen, sagte sie: »Das heißt, dein Urlaub ist vorbei?«

»Wir wissen ja noch nicht einmal, wer da überhaupt im Auto war.«

»Und wenn es dieser Blau oder Braun …?«

»Roth.«

»Wenn sich herausstellt, dass er es nicht ist?«

»Dann haben wir ein Problem.«

»Und wenn er es ist?«

Walde nickte. »Dann auch.«

Mittwoch

Gegen neun Uhr kam Grabbe zur Bürotür herein. Gabi saß hinter ihrem Schreibtisch, Walde davor auf einem der Besucherstühle. Beide sahen ihren Kollegen überrascht an.

»Ihr seid noch nicht …« Grabbe hatte insgeheim gehofft, Gabi und Walde wären bereits zur Gerichtsmedizin unterwegs.

»Hoffmann hat schon mal am Zahnprofil festgestellt, dass es sich bei dem Opfer eindeutig um Gerhard Roth handelt. Und du hast ausgeschlafen?« Gabi schaute auf ihre Armbanduhr. Sie konnte sich nicht entsinnen, dass ihr Kollege einmal zu spät zur Arbeit gekommen war.

»Ich war schon in Sachen Roth unterwegs.« Grabbe startete seinen Rechner. »Hat jemand von euch mein Handy gesehen?«

»Nöh.«

»Auch nicht im Auto?«

»Da hab' ich nicht so genau nachgesehen.«

»Wo steht der Wagen?« Grabbe regulierte den Knopf am Heizkörper hinter seinem Stuhl.

»Der ist in der Reinigung.«

»Wie bitte?«

»Du weißt doch, wie wir den auf dem Kiesgrubengelände eingesaut haben.«

»Ich befürchte, dass ich es da verloren habe oder auf dem Schiff, als ich …« Grabbe suchte nach dem passenden Wort. »Als mir schlecht wurde.«

Walde tippte eine Nummer in Gabis Apparat. Während er auf Anschluss wartete, schaute er zu, wie Grabbe am Wandkalender die rote Markierung auf das heutige Datum versetzte. Er streckte den Arm mit dem Hörer aus. »Dein Handy gibt Freizeichen. In der Mosel liegt es dann wohl nicht.«

»Dann ist es mir wohl gestern Abend unter der Brücke aus der Tasche gefallen, oder es liegt im Auto.«

»Was hast du heute früh schon in Sachen Roth unternommen?«

»Er arbeitet … also arbeitete bei der Caritas, absolvierte vorher eine Ausbildung zum Verwaltungsangestellten bei der Stadtverwaltung. Danach hat er sich weitergebildet zum Verwaltungsfachwirt …«

»Was machte er denn konkret«, unterbrach ihn seine ungeduldig werdende Kollegin.

»Er kümmerte sich um Hilfsprojekte für Südosteuropa, so genanntes Fundraising. Mehr war von der Caritas nicht zu erfahren. Was gab es gestern Abend bei seiner Ehefrau?«

»Er hat sich ehrenamtlich bei der *Tafel* engagiert«, antwortete Gabi. »Und er war bei den *Linken* aktiv. Leider ist auf der Geschäftsstelle niemand zu erreichen. Ich habe auf den Anrufbeantworter gesprochen.«

»Da kommen einige Motive in Frage«, sagte Grabbe. »Von der Beziehungstat über Auseinandersetzungen um

Spenden bis Konflikten mit den Rechten.«

»Wir sollten prüfen, ob jemand vorgestern Nacht im Bereich der Autobahnbrücke gesehen wurde«, sagte Walde, »oder ein Fahrzeug, vielleicht ist jemand getrampt, war zu Fuß unterwegs oder hat ein Taxi gerufen.«

»Das könnte ich übernehmen.« Grabbe bemühte sich um Gelassenheit. »Ich muss sowieso noch mal zur Brücke, um nach meinem Handy zu sehen.«

»Und was ist mit der Gerichtsmedizin?«, fragte Gabi.

Grabbe drehte ihr den Rücken zu und nahm einen alten grünen Parka aus seinem Schrank. »Zu den *Linken* kann ich auch noch.« Während er mit der Schulter zuckte, hielt er die Luft an.

»Dann übernehmen wir Dr. Hoffmann«, sagte Walde.

Grabbe hoffte, dass seine Kollegen nicht hörten, wie er erleichtert die Luft aus seinen Lungen blies.

*

Das Gasthaus war Grabbe am Vorabend nicht aufgefallen. Es war das einzige Haus an der Straße und lag nicht weit von der Abfahrt zu dem Kiesgrubengelände, wo das Auto gebrannt hatte. Auf dem unebenen Parkplatz wies ein Schild an einem schiefen Holzpfosten darauf hin, dass unberechtigt parkende Fahrzeuge kostenpflichtig abgeschleppt würden. Auf dem Weg zum Eingang betrachtete Grabbe die bröckelnde Fassade. An der Laterne neben der Eingangstür fehlte eine Scheibe. Die Tür war verschlossen. Grabbe trat zurück. Auf dem Blatt im Aushang war die ehemals bunte Schrift bis zur Unleserlichkeit verblasst. Als er um das Haus ging und einen Hof betrat, traf ihn ein schneidender Ostwind. Grabbe raffte seinen offenen Parka zusammen. Jetzt hätte er einen Schal gut gebrauchen können. Seine Mandeln waren sehr empfindlich. An das Haus stieß ein niedriger, aus Backsteinen errichteter unverputzter Schuppen.

Grabbe ging an einem alten Ford Mustang vorbei. Es folgten ein Trecker und längst ausrangierte Ackergeräte, zwischen denen Unkraut wucherte, und ein schwarzes Schlauchboot auf einem Anhänger. Als Grabbe versuchte, durch die staubigen kleinen Scheiben eines rostigen Werkstattfensters zu schauen, vermeinte er innen einen Lichtschein zu erkennen. Neben einer breiten Holztür häuften sich leere und teils zerbrochene Flaschen in einem grob gezimmerten Verschlag. Ein Gepolter ließ Grabbe aufhorchen. Es schien aus dem Schuppen zu kommen. Erst dachte er, das Schiebetor sei blockiert, doch als er sich dagegenstemmte, gab es unter dem enervierenden Quietschen der Rollen soweit nach, dass sich Grabbe in schräger Körperhaltung hindurchzwängen konnte.

»Mir hann zu!«, raunzte eine dunkle Stimme.

»Ich wollte auch nicht einkehren.« Grabbe nahm seine in der warmen, feuchten Luft augenblicklich beschlagende Brille ab. Blind wie ein Maulwurf versuchte Grabbe mit zusammengekniffenen Augen und hochgereckter Nase etwas durch den Dunst zu erspähen.

»Ja, was wollen Sie denn dann?«

»Ich bin hier, also ich hab' …« Grabbe wischte seine Brillengläser vorsichtig über das Innenfutter seines Parkas. In dem Schuppen roch es nach Holzfeuer und etwas Herbem, was er nicht zuordnen konnte. In der kurzen Zeit, bis seine Brille erneut beschlug, erkannte er einen dicken Mann in blauem Overall, der Holz in ein Feuer unter einem großen Kessel nachlegte. Darüber schlängelten sich Rohre zu zwei vorsintflutlich wirkenden kupferfarbenen Behältern.

»Ich möchte Sie etwas fragen.« Grabbe zeigte seine Polizeimarke.

»Ich dacht' schon, Sie wären vom …«

Grabbe war so, als hörte er ein erleichtertes Seufzen. »Von was?«

»Nix«, wich der Mann aus.

Hier wurde doch Schnaps gebrannt! Das erkannte Grabbe auch ohne Brille. Mit dem grünen Parka hatte ihn der Kerl wohl im ersten Augenblick für einen Zöllner gehalten.

»Wie ist Ihr Name?«

»Ich bin der Alfred, der Wirt, alle nennen mich Alfi.« Beim Grinsen kamen gelbe Zähne zum Vorschein. »Aber ich fresse keine Katzen.« Der Mann war ziemlich dick und unrasiert. Die fettigen Haare um seine Halbglatze fielen ihm bis auf die Schultern.

»Was machen Sie hier?«

»Ich brenne mir ein paar Liter Topi. Nur für den Hausgebrauch, also für mich persönlich.« Der Mann klopfte verlegen mit den Fingerknöcheln auf ein Druckventil.

»Was ist denn Topi?«

»Topinambur, das Zeug wächst da unten an der Mosel, kostet keinen Cent, muss man nur ausgraben.« Der Schnapsbrenner wies auf einen Korb neben dem Kessel, in dem picklige Knollen lagerten. Grabbe sah auf die Säcke dahinter, aus denen das rötliche Zeug quoll. Für den reinen Hausgebrauch schien diese Menge entschieden zu groß zu sein.

»Da ist auch noch Blutwurz drin.«

Das sollte wohl ein Witz sein, Grabbe versuchte ein Grinsen.

»Sie scheinen mir nicht glauben zu wollen, die wächst wirklich da unten.«

»Blutwurst?«, fragte Grabbe.

Jetzt gluckste der Dicke aus tiefer Kehle. »Nein, Blutwurz, das ist auch eine Wurzel. Da ist ein roter Saft drin, deshalb heißt sie wohl so.«

»Ach so«, sagte Grabbe. »Aber ich bin wegen etwas ganz anderem hier.« Er hatte das Gefühl, sein Gegenüber hielte schon wieder die Luft an. Grabbe verlängerte die Kunstpause. »Kam vorgestern am späten Abend, eigentlich war es schon Nacht, ein Gast in Ihre Kneipe, jemand, den Sie nicht kannten?«

»Jo.« Der Mann nickte.

»Geschieht das öfter?« Grabbe hätte zu gerne gewusst, warum der Wirt schon wieder so erleichtert ausatmete.

»Nö.«

»Können Sie den Gast beschreiben?«

»Stattlich.«

»Geht es etwas genauer? Größe, Haarfarbe, Alter, Augenfarbe, dick, dünn ...« Es knallte heftig. Grabbe zuckte zusammen. Er brauchte einen Augenblick, bis er realisierte, dass es ein reißendes Holzscheit im Ofen war.

»So zwischen dreißig und fünfzig, denke ich mal. Also an

ihre Augen kann ich mich nicht erinnern. Sie hatte ganz schöne Oschis.«

»Aha, es war also eine Frau.«

»Jo.«

»Wie groß war sie?« Grabbe wurde ungeduldig.

»Also wisst Ihr, es war schon spät und ich hatte ein bisschen was intus.« Er drehte ein Hähnchen auf und ließ eine rötlichbraune Flüssigkeit in einen kleinen Glashumpen laufen. Den winzigen Henkel konnte er kaum zwischen seinen schmutzigen Wurstfingern halten. »Das ist der zweite Brand, wollen Sie mal probieren?«

Grabbe lehnte ab, worauf der Mann das Glas in einem Zug austrank. Er schüttelte sich. »Wirklich lecker.«

»Wie groß war die Frau?«, versuchte es Grabbe wieder. Hatte er nicht mal gehört, dass solche Destillen in die Luft fliegen konnten?

»Genau richtig.«

»Ist Ihnen sonst was an ihr aufgefallen?« Grabbe wusste, dass aus dem Typen nichts herauszuholen war.

»Die hatte ziemlich große ...« Er deutete mit einer Handbewegung vor seiner Brust an, was er meinte. »Ich hab' ihr gesagt, dass sie auch bei mir hätte übernachten können.« Er drückte ein Auge zu. »Aber ich glaube, ich war zu voll für sie. Einen Schnaps hat sie sich aber von mir ausgeben lassen.«

Waschen, frische Wäsche, ein Haarschnitt und fünfzig Kilo abnehmen wäre wahrscheinlich auch hilfreich gewesen, dachte Grabbe. Er wollte nur noch weg von hier.

»Und um welche Zeit war das?«

»Ich hab' nicht auf die Uhr geguckt.«

*

Am Büffet der Krankenhauscafeteria kamen Walde und Gabi hinter dem Gerichtsmediziner ins Stocken. Während sich Dr. Hoffmann von einer in eine dunkle, lange Schürze gehüllten Servicekraft einen Teller Linseneintopf mit Würstchen schöpfen ließ, schaute Walde sich in dem hellen Raum um. An einem der langen Tische saß eine Gruppe Männer, bei denen es sich weder um Personal noch um Patienten zu handeln schien. Manche hatten ihre nicht gerade modisch wirkenden Anoraks anbehalten. Einer trug eine dunkle Kapuze über dem Kopf, aus der die weißen Schnüre von Ohrhörern quollen.

»Deren Küche hat noch nicht geöffnet«, kommentierte Gabi seinen Blick.

»Welche Küche?«

»Nebenan, die Sozialküche«, sagte sie.

Sie war erleichtert, sich mit Dr. Hoffmann hier treffen zu können. So blieb ihr erspart, was sie unweigerlich in der Gerichtsmedizin erwartet hätte. Alles, vom Anblick bis zum Geruch des Toten.

»Mensch, das wollte ich nicht alles klein schnippeln müssen.« Hoffmann wies auf die beleuchteten Behälter mit Salaten und Gemüse, während er sein Tablett in Richtung Kasse schob. »Schon als Kind habe ich allerdings gerne meiner Mutter beim Kochen geholfen, ganz freiwillig.«

»Bei mir war von freiwillig keine Rede«, sagte Gabi. »Meine Brüder mussten höchstens mal den Abwasch machen.«

»Welche Brüder?«, fragte der Doktor.

»Meine kleinen Machobrüder. Als Mädchen war ich dazu verdonnert, Kartoffeln und Möhren schälen zu müssen, während die Muttersöhnchen draußen Fußball spielen durften.«

»Meiner Mutter waren meine Kartoffelschalen zu dick«, sagte Hoffmann. »Ich hab' mich ums Fleisch kümmern dürfen. Da hatte meine Mutter ein Problem mit. Für meinen Vater war Fleisch ein unabdingbarer Bestandteil der Hauptmahlzeit. Ich hab' dann mit Hingabe Fleisch geputzt, Sehnen abgeschnitten, jedes noch so kleine Fitzelchen Fett entfernt, das wurde bei mir zu einer richtigen Leidenschaft.« Er schaute mit verklärtem Blick aus dem Fenster und schien den Rettungshubschrauber nicht zu bemerken, der mit Getöse in Richtung des Ungetüms von Landeturm einschwebte. »Sogar Markklößchen habe ich zubereitet, mit Knochen aufbrechen und allem Drum und Dran. Oder Leber, die konnte meine Mutter kaum in die Hand nehmen. Das hat mir gefallen, damit zu hantieren. Oder Geflügel und Fisch ausnehmen. Früher kaufte man das ja noch frisch. Das fand ich total spannend.« Hoffmann schien sich an seiner eigenen Erzählung zu begeistern und versäumte, die Lücke zu den vor ihm abgefertigten Kunden an der Kasse zu schließen.

»Dann war ja dein Berufsweg vorgezeichnet«, stellte Gabi fest. »Metzger oder Chirurg.«

Als sie an einem Tisch Platz genommen hatten, fuhr Hoffmann fort. »Es gibt da ein klitzekleines Problem. Ich habe bis heute nur an totem Fleisch Gefallen.« Er bemerkte die nachdenklichen Blicke. »Nicht, dass ich nekrophile Obsessionen hege, nein, ich kann nur nicht an lebenden Wesen schneiden, dafür habe ich zu viel Empathie.«

»Aber die Leute auf dem OP-Tisch sind doch unter Narkose oder wenigstens örtlich betäubt und spüren keinen Schmerz«, sagte Walde. An der Wand hinter dem Gerichtsmediziner hing ein Bild im Stil von Edvard Munch.

»Aber mir tut das weh.« Hoffmann legte sich eine Serviette auf die Oberschenkel und stopfte sich eine zweite oberhalb des Krawattenknotens ins Hemd. »Ich kann mich genau erinnern, als ich zum ersten Mal jemandem Blut abnehmen sollte. Das war eine Katastrophe. Als Assistenzarzt in einem normalen Krankenhaus wäre es sehr schwer geworden. Ich kam zum Glück in eine Kurklinik, wo sich gesundheitsbewusste Damen mit Kneipp und Diäten beschäftigt haben und kaum ernsthafte Krankheiten hatten. Auf diese Weise ist mir viel erspart geblieben.«

»Und den Facharzt?«

Hoffmann lächelte. »Die überwiegende Zeit habe ich in einem rechtsmedizinischen Institut verbracht. Heute hätte ich wahrscheinlich Schwierigkeiten, eine leichte Platzwunde zu nähen.«

»Ich könnte beides nicht, weder an Lebenden noch an Toten herumschneiden.« Walde schaute zwei Rettungssanitätern in roten Jacken nach, die zum Buffet gingen.

»Ich weiß auch nicht, wie ich auf dieses Thema komme.« Der Mediziner schob sich einen Löffel Suppe in den Mund: »Kommen wir zum unappetitlicheren Teil unseres Treffens!«

*

Er hätte sich ein Handy leihen sollen, dachte Grabbe, als er am Moselufer neben der Brandstelle mit einem Stock zwischen Disteln, Brennnesseln und hüfthohen, verwelkten Pflanzen herumstocherte. Dann hätte er seines anwählen können. Wenigstens hatte er an Stiefel gedacht, und der Parka schützte halbwegs gegen den immer noch vom Wasser her wehenden Ostwind.

Nach einer Weile gab er auf und machte sich auf den Rückweg zum Wagen, den er draußen vor dem Kiesgrubengelände abgestellt hatte.

Hinter sich hörte er ein dunkel röhrendes Motorengeräusch. Grabbe blickte sich nach einer Stelle um, wo er sicher wäre, doch schon spritzte der Schlamm hoch. Ein ramponiert wirkender Wagen hielt neben ihm an. Er glich dem, den er vorhin im Hof für nicht fahrtüchtig gehalten hatte. Die Beifahrertür ging auf. Grabbe beugte sich vor und schaute hinein. Im dunstigen Inneren erkannte er Alfi, den Schwarzbrenner.

»Möchten Sie mitfahren?«

»Danke«. Grabbe winkte ab. Ein alkoholisierter Fahrer musste nun wirklich nicht sein. »Ich hab's nicht mehr weit.«

Er wunderte sich, dass dieser alte Ford, den er eben im Hof des Gasthauses gesehen hatte, noch zugelassen war.

»Herr Kommissar, mir ist da noch wat eingefallen, wegen der Frau …«

»Na gut.« Bevor er einstieg und sich setzte, wischte Grabbe mit der flachen Hand den Großteil des Drecks vom Beifahrersitz.

Das Auto startete mit durchdrehenden Rädern und kam auf dem matschigen Untergrund leicht ins Schlingern. Grabbe fragte sich, ob die im Aschenbecher glimmende Zigarre alleine die Quelle des üblen Gestanks hier drin sein konnte. Das Brummen des Motors wurde von einem dumpfen Röhren begleitet, das vom Wagenboden her zu kommen schien. Wahrscheinlich war der Auspuff hin und ließ tödliche Abgase ins Wageninnere dringen.

»Wat ich Ihnen noch sagen wollte.« Der Dicke guckte zu Grabbe hinüber und schien keine Anstalten zu machen, wieder auf den Weg zu schauen.

»Ja?«

»Also dat mit der Frau.« Der Wirt schaute wieder nach vorn.

»Ist Ihnen noch was eingefallen?« Grabbe musste einem Hustenreiz nachgeben.

»Ja, vorgestern hatten wir Ruhetag, also kann die nur am Sonntag da gewesen sein.«

»Sie meinen die Frau, von der Sie mir erzählt haben«, Grabbe rang schon wieder nach Luft. Vor ihm stupste eine Wespe gegen die Frontscheibe. Er legte den Kopf zur Seite, als es ganz nah an seinem rechten Ohr brummte. Das Vieh landete auf der Rundung der Beifahrertür vor der Scheibe und krabbelte mit aufgestellten Flügeln in Richtung seiner Hand. Als er sie wegzog, landete die Wespe auf seinem Knie. Grabbe wischte sie schnell weg.

»Nicht danach schlagen!«, kam es vom Fahrersitz. »Dann

machen die auch nix. Die Bienen, die wollen nur Honig sammeln.«

Noch während Grabbe überlegte, ob Bienen weniger aggressiv als Wespen seien, wurde der Wagen abgebremst und an einer Wegegabelung nach links in Richtung Mosel gelenkt.

»Hätten wir nicht nach rechts …?«

Der Wirt nahm die Zigarre aus dem Ascher, starrte Grabbe an und machte ein paar kurze Züge, bis die Glut wieder angefacht war. »Sie sind doch Kommissar?«

Während Grabbe nickte, hoffte er, dass der Fahrer endlich wieder nach vorn sehen würde, während sich der Wagen auf eine Kurve zubewegte.

»Ich möchte Ihnen was zeigen, das Sie interessieren dürfte.«

»Ist gut«, sagte Grabbe und schaute wieder demonstrativ nach vorn, wo sich zwei weitere Wespen, oder waren es doch Bienen, an der Frontscheibe eingefunden hatten.

Der Fahrer blickte ebenfalls geradeaus. Die Zigarre zwischen seinen Lippen wippte, als der Wagen in mehrere Schlaglöcher hintereinander geriet. Die Brühe aus den Pfützen spritzte im hohen Bogen zur Seite.

Nach der Höhe des Gestrüpps zu urteilen, das sich von der Wegmitte bis in die Fahrspuren ausbreitete, wurde diese Strecke wenig befahren. Der Wagen wurde langsamer. Ein paar dünne Äste kratzten am Rahmen. Wieder summte es ganz dicht an Grabbes linkem Ohr.

»Nicht schlagen!«, brummte der Fahrer, als Grabbe die Hand hob. »Da vorn ist es.«

Grabbe konnte die Augen nicht von dem Vieh lassen, das

wieder Kurs auf seinen Kopf nahm, kurz vor seiner Nase aber wieder abdrehte.

»Sehn Sie?« Der Wirt tippte mit dem abgespreizten Zeigefinger an die Scheibe.

Grabbe sah hinter schlaffen Brennnesseln ein paar höhere welke Pflanzen.

»Das ist Topinambur. Die wachsen hier wild.«

»Hmh.«

»Sehen Sie, was da noch steht?«

Grabbe hatte nicht einmal den Topinambur erkannt.

»Die mit den grünen Stängeln. Die noch höher sind.«

»Wo?« Grabbe beugte seinen Oberkörper nach vorn.

»Da, hinter dem Topinambur. Die haben so besondere Blätter.«

Grabbe setzte sich wieder auf und beugte sich diesmal nur leicht nach vorn, darauf bedacht, genügend Abstand zu den an der Frontscheibe vergeblich nach einem Ausweg suchenden Wespen zu halten.

Die Blätter der Pflanzen waren teils gelb verfärbt oder hingen schlaff herunter. Grabbe nahm die helleren grünen Stängel wahr, mit den großen, mehrfach geteilten Blättern, deren lange Enden spitz zuliefen.

»Das ist Marihuana«, sagte Grabbe. Die auffällige Form der Blätter ließ keinen Zweifel zu. »Ganz eindeutig.«

»Dachte ich es mir doch!« Der Wirt legte den Rückwärtsgang ein, drehte ächzend den Kopf, während der Wagen nun wieder an den Hecken vorbeistreifend durch die Schlaglöcher rumpelte.

Als Grabbe ebenfalls nach hinten schaute, sah er einen Holzkasten auf dem Rücksitz, den er von der Größe und

Form her auf den ersten Blick für ein beschädigtes Nachtschränkchen hielt. »Was ist denn das?«, fragte er, den gelblich braunen Inhalt betrachtend, der sich irgendwie bewegte und aus dem sich gerade etwas brummend erhob.

»Die machen nix«, sagte der Fahrer mit ruhiger Stimme, während er den Wagen rückwärts weiter über den Weg lenkte.

Dieser Wahnsinnige hatte einen kaputten Bienenkorb auf dem Rücksitz deponiert. Wahrscheinlich waren es ein paar Tausend sehr gereizter Biester, die er spazieren fuhr.

»Lassen Sie mich auf der Stelle raus!« Grabbe versuchte abzuwägen, ob es gefährlicher war, während der Fahrt herauszuspringen oder sich einem Angriff der Biester auszusetzen. »Sofort anhalten!«

*

»Der Körper des Mannes war mehrere Minuten großer Hitze ausgesetzt.« Dr. Hoffmann blies über den dampfenden Löffel dicht vor seiner Unterlippe, bevor er ihn sich in den Mund schob, kurz kaute und dann schluckte. »Die Haut ist zu hundert Prozent verbrannt. Die Verbrennungen sind dritten und vierten Grades einzustufen. Am rechten Fuß und an beiden Händen fehlen die Glieder, beim Brand des Wagens war es dafür heiß genug.« Er führte einen weiteren Löffel Suppe zum Mund.

Walde sah auf das Brötchen auf seinem Teller. Es war doppelt mit Käse belegt, genau, wie er es mochte. Ohne Gurken, Tomaten, Mayonnaise, Salat oder sonstigem Schnickschnack. Die Zeit für ein zweites Frühstück war ebenfalls gekommen, dennoch verspürte er keinerlei Hunger.

Nach zwei weiteren Löffeln fuhr Hoffmann fort: »Zudem ist die rechte Körperhälfte stärker verbrannt, großteils bis zur Hautnekrose, was darauf hindeutet, dass der Mann auf der linken Seite lag. Ich gehe mal davon aus, dass die Flammen von oben kamen.«

»War er bereits tot, als der Wagen brannte?«, fragte Walde.

»Wissen Sie, ob er rauchte?«, fragte der Gerichtsmediziner.

»Wie bitte?«

Der Gerichtsmediziner wiederholte seine Frage.

»Das müssen wir noch recherchieren, warum fragen Sie?«

»Bei einem Raucher mit einer Tagesdosis von zwanzig Zigaretten sind bereits sechs Prozent Kohlenmonoxid im Blut feststellbar.« Hoffmann schaute Gabi an, von der er wusste, dass sie rauchte.

»Und wenn das Opfer Raucher gewesen wäre?«, fragte sie.

»Im vorliegenden Fall war der Anteil von Kohlenmonoxid im Blut deutlich über zehn Prozent. Außerdem habe ich in den Atemwegen, im Magen und im oberen Dünndarm verschluckten Ruß gefunden, was ein deutliches Zeichen von Vitalität des Opfers zu Beginn des Brandes annehmen lässt.«

»Dann ist er also lebendig verbrannt«, stöhnte Gabi.

»Ich kann dich insofern beruhigen, dass wenige Atemzüge heißer Luft genügen, um in kürzester Zeit zu sterben.«

Hoffmann versuchte mit zwei Fingern seiner rechten Hand den Kragen seines Hemdes zu dehnen. »Andererseits spricht der Befund des Urins hinsichtlich des Adrenalins dafür, dass der Mann sich in einem hochgradigen Erregungszustand befunden haben muss.« Der Knoten seiner Krawatte gab nach. »Ich gehe mal davon aus, dass er geschrien hat und in Panik flüchten wollte. Wenn man sich vorstellt, im Kofferraum eines brennenden Wagens zu liegen. Da möchte man gar nicht weiter drüber nachdenken.«

Walde schob seinen Teller zurück. Das Quietschen der Gummisohlen auf dem blank gewienerten Marmorboden wich dem Prasseln des Feuers. Statt der hellen Leuchter züngelten Flammen um ihn. Eine Erschütterung in seinem Rücken ließ ihn die Augen öffnen. Jemand war von hinten mit seinem Stuhl gegen seine Rückenlehne gestoßen. Die Männer vom Nebentisch brachen auf. Walde löste seine zu Fäusten geballten Hände, sah die Männer vorbeischlurfen. Als er den Kopf zu dem Tisch wendete, spürte er seinen verkrampften Nacken. Neben einem Stuhl war eine Plastiktüte stehen geblieben. Sollte er den Männern nachrufen? Er musste sich um anderes kümmern, vielleicht wollte der Typ die Tüte loswerden und hatte sie bewusst stehen gelassen, so wie das Tablett, das noch auf dem Tisch stand.

»Und du bist sicher, dass er lebendig verbrannt wurde?«, fragte Gabi.

»Der Brand war in jedem Fall todesursächlich.«

»Und wie lange hat es gedauert?«

»Du meinst, bis er gestorben ist?«

Gabi nickte.

»Schwer zu sagen. Der Wagen soll zuerst außen gebrannt

haben. Zwischen zwanzig Sekunden und zwei Minuten, aber das ist spekulativ.«

»Zwei Minuten lebendig gegrillt«, seufzte Gabi.

»Es könnte auch sein und ich möchte das jetzt nicht schönreden …«

»Ich wüsste nicht, was man da noch schönreden kann.«

»Hinsichtlich der Toxizität habe ich auffällige Werte im Blut gefunden. Da sind aber weitere Untersuchungen nötig. Ich vermute, das Opfer war hochgradig sediert …«

»Kann er vielleicht doch ohnmächtig gewesen sein und ist erst durch das Feuer aufgewacht?«, fragte Walde. Alle Bilder in der Cafeteria schienen vom gleichen Künstler zu stammen. Sie wirkten nicht gerade aufmunternd.

»Er wies keine Spuren einer Fesselung auf, muss aber mehr oder weniger bewegungsunfähig gewesen sein. Bei Feuer setzt ein instinktiver Fluchtreflex ein.«

»Er hat versucht zu entkommen?«

»Ich kann mich eigentlich nur auf meine Untersuchungsergebnisse beschränken. Der Leichnam hatte die Fechterstellung eingenommen. Schrumpfung der Muskulatur, Zusammenziehen der Sehnen, der Körper ist praktisch in sich zusammengefallen.« Der Gerichtsmediziner tupfte sich mit einer Serviette den Mund ab und trank von seiner Apfelschorle. »Wie lebendig er zum Zeitpunkt des Feuers war, also wie weit er bei Bewusstsein war, wird die toxikologische Untersuchung zu klären versuchen.«

»Könnte er Drogen genommen haben?«

»Um Genaues sagen zu können, brauche ich noch Zeit. Sollte der toxikologische Befund positiv sein, ist noch nicht gesagt, ob er die Drogen selbst genommen hat oder ob sie ihm verabreicht wurden.«

»Er wurde vielleicht vergiftet und ist dann verbrannt«, sagte Gabi.

»Das Adrenalin spricht dagegen. Vielleicht hat er geschlafen und ist dann in dem Moment erwacht, als das Feuer ausgebrochen ist.« Bei den nächsten Löffeln brauchte der Gerichtsmediziner nicht mehr zu blasen. »Ertrunken ist er jedenfalls nicht mehr. Als er ins Wasser kam, war er definitiv tot, ich möchte es mal so sagen, toter ging's gar nicht, er war um knapp dreißig Zentimeter geschrumpft ... Sie kennen das vielleicht von einem Stück Filet im Bräter. Das ist am Schluss auch ...«

»Danke, ich glaube, wir haben verstanden«, Walde nickte. Er legte eine Hand auf den Unterarm seiner nachdenklich wirkenden Kollegin, die ihr Schokomuffin ebenfalls nicht angerührt hatte. »Rufen Sie uns bitte an, wenn Sie mehr wissen.«

Walde stand auf und beobachtete Gabi, die sich wie in Trance erhob. Auf dem Weg zum Ausgang der Cafeteria fragte er: »Geht's?«

»Vom Reden ist mir noch nie schlecht geworden.« Gabi fasste im Vorbeigehen an die Lehne eines Stuhls. »Aber irgendwann ist immer das erste Mal.«

*

Heute war nicht sein Tag. Grabbe hielt den magentafarbenen Hörer in der Hand, von dem eine unbeschädigte Schnur zum stahlfarbenen Gehäuse mit einer robusten und sauberen Tastatur führte. Er zählte vier mal vier Felder. Quadratisch, praktisch, Scheiße! In seiner anderen Hand wurde das Kleingeld warm. Der Kasten funktionierte nur mit Telefonkarte, die er nicht besaß. Er musste sich zusammennehmen, um nicht den Hörer mit Wucht auf die Gabel zu knallen. Aus dem gegenüberliegenden Haus kam eine ältere Frau. Sie hielt einen schwarzen Pudel an der Leine, der einen hellen, trichterförmigen Kunststoffkragen um den Kopf trug. Neben dem Eingang hing das Schild einer Tierarztpraxis mit dem Bild einer Giraffe.

Grabbe schaute sich um. Weiter oben in der Straße gab es eine Pension mit Weingut und da war auch ein Sparkassenschild. Er entschied sich für die Tierarztpraxis. Die Eingangstür war angelehnt. Durch eine Glastür im Windfang sah er in einen großen Raum, eine Kombination aus Empfangsraum mit Theke und Wartezimmer. Als er die Tür öffnete, war es erheblich lauter, als er erwartet hatte. Tierhalter, auf Chromstühlen sitzend, unterhielten sich, ein Telefon läutete und dazwischen gab es die unterschiedlichsten Tierlaute zu hören.

An der Theke standen Leute in einer Warteschlange. Na prima, dachte Grabbe, als er sich hinten anstellte und sich im Zimmer umschaute. Neben den Besuchern hockten und lagen Hunde. Andere Halter hatten Transportboxen abgestellt oder hielten sie auf dem Schoß. Wegen der Hunde ließen sie wohl ihre Katzen und andere Tiere in den Behältnissen. Nur ein junges Mädchen hielt eine Katze auf dem

Schoß. Manche Boxen waren etwas kleiner und hatten zum Teil nur sehr schmale Luftschlitze. Er fragte sich, ob hier etwa auch Echsen und Schlangen behandelt wurden?

Bis auf einen Mann mit einem hohen Käfig mit einem dünnen Tuch darüber, unter dem sich wahrscheinlich ein Papagei verbarg, befanden sich nur weibliche Personen im Wartezimmer. In den Gesprächen schien sich alles um die tierischen Lieblinge zu drehen. Gleich über den Köpfen der Besucher waren rundum an den Wänden weiße Tafeln angebracht, über und über mit Fotos bedeckt, auf denen ausschließlich Tiere abgebildet waren. So langsam rückte Grabbe näher an die Empfangstheke. Hin und wieder wurde jemand aufgerufen. Es schien mehrere Behandlungszimmer zu geben.

Wenn er gefragt würde, wo er sein Tier habe, würde er antworten, er hätte seinen Elefanten vor der Tür angebunden oder er wolle den Floh oder seinen Vogel nur dem Arzt persönlich zeigen.

Aber als er schließlich an die Reihe kam, zeigte er der lächelnden Sprechstundenhilfe nur seinen Ausweis und bat sie, kurz telefonieren zu dürfen.

Kaum hatte sie ihm den Apparat auf die Theke gestellt und er die Nummer des Präsidiums eingetippt, verstummten schlagartig die Gespräche. Kein Hund bellte mehr, die Katzen hielten inne, ebenfalls die Hasen, Meerschweine, Kanarienvögel und selbst das verborgene Reptil spitzte in seinem dunklen Käfig die Ohren, um zu erfahren, was der Bulle am Telefon sagte.

»Grabbe hier«, meldete er sich. »Kann ich bitte das RD sprechen?« Die Idee mit der Abkürzung war ihm in letzter

Sekunde gekommen. Aber wie sollte es jetzt weitergehen? Es blieb so still, dass man wahrscheinlich hören konnte, wenn sich eine Ratte hinter dem Ohr kratzte.

»Hier Grabbe.« Er hatte den Namen des Kollegen nicht verstanden. »Ich habe hier etwas entdeckt, was Sie interessieren dürfte.«

»Und was?«

Grabbes Blick schweifte kurz durch den Raum, wo alle Augen, zumindest die der Zweibeiner, auf ihn gerichtet waren.

»Am besten kommen Sie her, dann zeige ich es Ihnen.«

»Wo?«

»Ich warte hier in Kenn auf Sie, vor der Tierarztpraxis im Zentrum.«

»Wo?«

»So groß ist das Kaff nun auch wieder nicht.«

»Okay«, die Stimme dehnte das Wort. »Aber ich möchte, bitte schön, schon gerne wissen, um was es geht.«

Wenn das Telefon nicht am Kabel gehangen hätte, wäre Grabbe damit vor die Tür gegangen. Er suchte in seinen Taschen nach einem Tempo, seine Nase lief und seine Augen tränten. Hatte er eine Katzenhaarallergie? Endlich fiel ihm eine Antwort ein. »Eine Plantage, ganz in der Nähe«, er flüsterte, »Marihuana.«

Jetzt fehlte nur noch, dass der Vogel in dem verhangenen Käfig sein letztes Wort wiederholte.

*

»Grabbe scheint sein Handy noch nicht gefunden zu haben. Warum hat er sich nicht Ersatz besorgt?«, fragte Gabi, während sie mit dem Telefon am Ohr neben Walde die Treppe zur Wohnung von Marlene Roth hochstieg, und gab die Antwort gleich selbst: »Weil er in manchen Dingen total optimistisch ist.«

Vorher hatte sie ihren Kollegen bereits vergeblich im Präsidium zu erreichen versucht.

Marlene Roths Schwester öffnete die Tür. Sie führte sie ins Wohnzimmer. Hier kam die Musik her, die sie bereits in der Diele gehört hatten. Während Gabi wie am Abend zuvor auf der Couch Platz nahm, blieb Walde neben dem Plattenspieler stehen, auf dem sich eine Langspielplatte drehte. Auf dem Plattencover las er den Namen Charles Trenet.

»Ich sammle Chansons und … Gerd Jazz.« Marlene Roth war ins Zimmer gekommen. Mit einer Fernbedienung regulierte sie die Lautstärke zurück. Walde setzte sich neben Gabi. Frau Roth nahm in der gleichen geraden Haltung wie am Abend zuvor auf der vorderen Sitzkante des Sessels Platz.

»Er ist es«, kam sie den Besuchern zuvor.

Walde nickte. Er sah ihre geröteten Augen und die entzündete, geschwollene Nase. Sie schien sich nichts vorgemacht zu haben.

»Gerd war absolut zuverlässig, er hätte sich gemeldet.« Sie sprach sehr leise, wie zu sich selbst. Walde und Gabi hörten stumm dem Monolog der Frau zu. Sie erzählte, dass sie bis zum Abzug der Französischen Division dort als Zivilangestellte gearbeitet habe. Nur die Wohnung war ihr von damals geblieben. Bei ihrem Teilzeitjob als Verkäuferin in einem Kaufhaus kämen ihr manchmal die Sprachkenntnisse bei französisch sprechenden Kunden zugute. An den Wochenenden sei sie oft gemeinsam mit ihrem Mann auf Flohmärkten gewesen, Gerhard auf der Suche nach Jazzplatten und sie nach Chansons.

Waldes Blick fiel erneut auf das Plattencover, das er vor sich auf den Tisch gelegt hatte. Eine leicht gepixelte Schwarz-Weiß-Aufnahme zeigte einen lächelnden Mann, dunkler Anzug, weißes Hemd, Krawatte, Einstecktuch, die leicht gewellten Haare nach hinten gekämmt, am Mikrofon.

Marlene Roth war seinem Blick gefolgt.

»Hatte Ihr Mann Probleme?«, fragte Walde. »Gab es irgendwelche Konflikte?«

Sie verneinte mit einer leichten Kopfbewegung, bei der sie die Augen schloss.

»Bereitete ihm etwas Sorgen?«, meldete sich Gabi zu Wort. »Hat ihn etwas bedrückt?«

»Früher hatte er gelegentlich melancholische Phasen.«

»Und die hat er überwunden?«

»Ja, weitgehend.«

»Was heißt das, war er in ärztlicher Behandlung?«

»Nein, schon seit Jahren nicht mehr.« Die Frau fuhr sich mit der Hand an die Stirn. »Zuletzt wirkte er manchmal nachdenklicher.«

»Gab es einen Grund?«

»Der Herbst war immer eine schwierige Zeit, er mochte die lange Dunkelheit nicht. Im Winter ist Trier nicht immer ein Ort der Freude, wenn es tagsüber nass und neblig ist und es, kaum dass es mal hell geworden ist, schon am frühen Nachmittag wieder dunkel wird. Dann ist er auch nicht mehr abends Rad gefahren.«

»Hat sein Rad denn kein Licht?«, fragte Walde.

»Da durfte kein Gramm zu viel dran sein, kein Dynamo, keine Schutzbleche, nicht mal eine Klingel. Ein Wunder, dass sein Rad überhaupt Bremsen hatte.« Ihre Stimme hatte eine heitere Färbung angenommen. »Das hatte er immer im Kangoo, wenn er keine Touren für die *Tafel* machte oder zuletzt beim Plakatieren bei den *Linken* half.«

»Und jetzt?«, fragte Walde.

»Was?«

»Das Rad, wo ist es jetzt?«

»Im Keller.«

*

Bei gutem Willen hätten die Kollegen vom Rauschgiftdezernat eine Viertelstunde gebraucht. Inzwischen war über eine halbe Stunde vergangen, es hatte zu nieseln begonnen. Der Wind wechselte minütlich die Richtung. Als ein Streifenwagen neben ihm anhielt, musste Grabbe die Kapuze seines Parkas lüpfen, um den uniformierten Mann mit der im Drachenlook gegelten Frisur auf dem Beifahrersitz zu erkennen.

Grabbe nannte seinen Namen, konnte aber den des Kollegen nicht verstehen, weil er die Kapuze erst vom Kopf streifte, als er auf dem Rücksitz Platz genommen hatte.

»Ich konnte eben am Telefon nicht offen sprechen«, sagte Grabbe, der sich insgeheim darüber ärgerte, dass die vom Rauschgiftdezernat die Sache an die Schweicher Polizeiinspektion weitergegeben hatten.

»Okay«, kam es aus dem Kaugummi kauenden Mund des Polizisten.

»Es geht um Marihuana«, sagte Grabbe. »Die Pflanzen stehen im Moselvorland, hier neben dem Steinbruchgelände.«

»Dann wollen wir mal sehen.« Die Frau am Steuer des Wagens fuhr mit Schwung an.

Immerhin konnte er sein eigenes Auto schonen, dachte Grabbe, als sie über die Piste holperten. Im dicht bewachsenen Uferbereich bat er die Kollegin, noch etwas langsamer zu fahren. Da, wo sie anhielten, war er sich halbwegs sicher, an der richtigen Stelle zu sein. Als sie ausgestiegen waren, stellte sich Grabbe auf die Zehenspitzen und reckte den Kopf. »Da vorn, also hinter den Brennnesseln und dem Topidingsbums, da standen sie, also zumindest vorhin waren da noch ganz große Marihuanapflanzen.«

»Topinambur heißt das Zeug«, half der junge Drachenkopf aus. »Die Brennnesseln werden schon im nächsten Jahr gegen das drüsige Springkraut verloren haben.«

»Sie kennen sich aber aus!«, sagte Grabbe anerkennend.

»Dieses Dreckszeug hat mir erst bewusst gemacht, wie toll Brennnesseln sind.« Bei diesen Worten krempelte der junge Mann seine Hosenbeine hoch und stapfte, mit beiden

Händen die Pflanzen teilend, in das Gestrüpp.

Grabbe blieb auf dem Weg zurück. »Ich hab' hier einen besseren Überblick. Wenn wir beide reingehen, sehen wir vor lauter Kraut ...«

Der Kollege konnte ihn wahrscheinlich nicht mehr hören. Außerdem war das nicht Grabbes Baustelle. Er hatte schon genug Zeit verplempert. Das hier hatte mit seinem Fall absolut nichts zu tun.

Nach einer Weile kam der Mann zurück. Wie eine Lanze hielt er in Höhe seines Drachenkamms einen grünbraunen Stamm, an dem ein paar verwelkte Blätter baumelten.

»Die männlichen Pflanzen hat jemand ausgerissen.« Er öffnete den Kofferraum, knickte den Stamm und warf die Pflanze hinein. »Da hinten liegen noch mehr davon. Und ich habe frisch abgeschnittene Strünke gefunden.«

»Ich frage mich, warum dieser Saukerl mich hierher gefahren und mir den Kram gezeigt hat?«, schimpfte Grabbe. Er berichtete, was er vorhin mit dem Wirt erlebt hatte.

»Der wollte nur sicher gehen, dass es wirklich Marihuana war, was da gestanden hat«, sagte der Drachenkopf. »Der Bursche ist bei uns kein Unbekannter. Der ist mit allen Wassern gewaschen. Viel kann das welke Zeug nicht mehr wert gewesen sein, das hätte vor Wochen geerntet werden müssen.«

»Wir könnten dem Kerl die Bude auf den Kopf stellen und dabei gleich auch seine Schwarzbrennerei hopsnehmen.« Grabbe stellte sich in seiner Wut vor, wie er ihm persönlich in Rambomanier die Tür eintrat, den fetten Kerl am Kragen packte und ihn in die Höhe hob.

»So, wie ich den einschätze, wird bei dem Typen nichts

Belastendes mehr zu finden sein.« Der Mann wischte Spinnweben von seiner Mütze, als er zur Fahrerseite ging. »Und außerdem brauchten wir einen Durchsuchungsbeschluss. Und dafür müssten stichhaltige Tatvorwürfe präsentiert werden.«

»Da haben eben noch riesige Marihuanapflanzen gestanden!« Grabbe zeigte zu dem Gestrüpp. Er war aus seinen Gewaltfantasien wieder auf den schlammigen Boden der Tatsachen zurückgekehrt.

»Aber die hat dieser Wirt offensichtlich nicht selbst angebaut. Vielleicht ist der Züchter verhaftet worden oder gestorben oder weggezogen oder hat nicht geglaubt, dass was aus dem Kram wird, kein Wunder bei den vielen Schnecken, die es in diesem Jahr gibt.« Der Mann tippte etwas in sein Handy ein. »Den Standort habe ich über GPS in einer Karte geortet, in der wir die Standorte von Plantagen vermerken. Zur nächsten Vegetationszeit werden wir hier noch mal einen Inspektionsbesuch machen.«

Auf dem Rückweg zum Präsidium wollte Grabbe sein angeschmutztes Sakko in einer Reinigung abgeben. Sie hatte geschlossen. Es war heute einfach nicht sein Tag und gestern auch nicht.

»Wo warst du denn?«, blaffte Gabi, als Grabbe ins Büro kam. Dabei erwähnte sie mit keiner Silbe, dass sie ebenfalls gerade erst zurückgekommen war.

»Da, wohin ich mich abgemeldet habe«, murmelte Grabbe.

»Das hat aber lange gedauert!«

»Es kam noch etwas Unvorhergesehenes dazwischen.« Grabbe hängte den Parka auf einen Bügel an den Schrank und wischte sich Pflanzenfasern von der Hose.

»Und was?«

»Das hat nichts mit unserem Fall zu tun.«

Walde balancierte ein Tablett mit Kaffee, belegten Brötchen und Donuts zur Tür herein. »Das Wahlkreisbüro der *Linken* hat gerade zurückgerufen. Da fahre ich nachher hin.«

Als sie ihre Informationsstände austauschten, ließ Grabbe den Marihuanafund unerwähnt.

»Wer geht zu Roths Arbeitsstelle?«, fragte Walde.

»Mach' ich.« Grabbe hob die Hand wie im Schulunterricht. »Da hab' ich ja heute Morgen schon Kontakte aufgenommen.«

Walde schaute auf seine Uhr. »Vor morgen sind kaum Ergebnisse aus der Kriminaltechnik und von den toxikologischen Untersuchungen bei Dr. Hoffmann zu erwarten.«

*

Während der junge Mann hinter dem Schreibtisch in der Geschäftsstelle der *Linken* telefonierte, sah sich Walde in dem kleinen Raum um. Plakate an den Wänden riefen zur Bekämpfung von Nazis im Internet auf oder gaben die in den offiziellen Statistiken nicht gezählten Arbeitslosen kund. Der Mann legte auf und bot Walde einen Platz an. Er war es, der zuvor im Präsidium zurückgerufen hatte.

»Es geht um Gerhard Roth«, kam Walde gleich zum Thema. »Er ist am Montagabend ums Leben gekommen.«

»Was?« Der Mann schaute ungläubig. »Gerhard soll tot sein? Aber …«

»Wir gehen von einer Straftat aus.«

»Aber wer soll denn …?« Der Mann ließ den Mund offen stehen. Er schien kaum über zwanzig Jahre alt zu sein. Unter seinem Kinn sprießte ein schütterer Bart.

»Darf ich fragen, welche Funktion Sie hier im Büro«, um ein Haar hätte Walde Parteibüro gesagt, »ausüben?«

»Ich bin Beisitzer.« Der Mann räusperte sich. »Wir haben eine Vorsitzende, ihre Stellvertreter, Schatzmeister, Beisitzer …«

»Und was machen Sie konkret?«

»In der Hauptsache studiere ich, und hier betreue ich stundenweise das Büro und koordiniere ein paar Dinge.«

»Und die Vorsitzende?«

»Die ist seit letzter Woche in Berlin. Sie kommt Freitag zurück.«

Walde setzte sich in dem unbequemen Stuhl auf. »Gerhard Roth wollte angeblich am Montagabend beim Plakatieren helfen.«

»Er sollte mit einem Genossen nach Hermeskeil fahren, um Pappen abzuholen. Der Kangoo wäre dafür praktisch gewesen. Aber er ist nicht gekommen.«

»Könnte er allein gefahren sein?«, fragte Walde.

»Nein. Er wusste ja gar nicht, wo es genau hingehen sollte.«

»Oder könnte er vielleicht alleine Plakate aufgehängt

haben?«

»Nein, wir plakatieren meistens nachts, damit hatte Gerhard nichts zu tun. Und die Pappen haben die Genossen gestern abgeholt.«

»Wann haben Sie Gerhard Roth zuletzt gesehen?«

Der junge Mann überlegte. »Letzte Woche.«

*

Die rote, herzförmige Lampe über Annikas Bett warf ein schwaches Licht auf das Buch. Die Geschichte handelte von einem kleinen Männchen, das nachts auf einem einsamen Bauernhof herumwanderte, mit den Tieren sprach und auf die schlafenden Menschen aufpasste. Es war eine Wintergeschichte. Dazu passte, dass es draußen kalt und neblig war. Mit der Zeitumstellung hatte sich der Herbst verabschiedet, und es war schlagartig Winter geworden. In Schweden, wo dieser Wicht Tomte Tummetott mit seiner roten Mütze über den Hof geisterte, wurde es im Winter nicht einmal tagsüber richtig hell. Aber das war auch kein Trost. Jetzt kam die Stelle, an der davon erzählt wurde, dass der kleine Mann manchmal winzige Spuren im Schnee hinterließ. Draußen in der Diele wurde geflüstert. Es hörte sich nicht nach einem Telefonat an, Doris' Stimme klang, als rede sie beruhigend auf das Baby ein.

Er sah wieder auf das Bild von den Kühen im Stall »…

und der Wicht erzählt ihnen vom Frühling, der bald kommen wird …«

»Wie lange bleibt die denn noch?«, unterbrach ihn Annika. Sie lag auf dem Rücken, ihren Kopf mit den Händen umfassend, die Ellenbogen in die Höhe gereckt.

»Wer?«

»Die da«, sie wies zur Zimmertür.

Dort baumelte etwas an der Klinke. Es sah aus wie das Schild an einer Hotelzimmertür. Er konnte die Schrift nicht erkennen.

»Wie meinst du das?«, fragte Walde.

»Wie lange bleibt sie bei uns?«

»Wie?«

»Doch nicht für immer?« Annika ließ ihre Hände in den Nacken gleiten. »Ihr habt doch mich. Das reicht doch.«

»Ja, aber …«

»Wollt ihr nicht lieber einen Hasen oder ein …«

»Krokodil?«, versuchte es Walde.

»Spinnst du, ich meine, einen Jungen oder so?«

»Oder so?«

Annika zuckte mit den Schultern.

Walde klappte das Buch zu. »Oder möchtest du ein Kaninchen?«

»Nein, wir behalten Mathilda …«, sie drehte sich um und zog sich die Decke bis zu den Ohren, »erstmal, vielleicht kann ich ja später mal mit ihr spielen.« Sie drehte sich grinsend um und ließ dann wieder ihr Gesicht unter der Decke verschwinden. »Oder so.«

Donnerstag

Um kurz vor halb neun war Gabis und Grabbes Bürotür noch abgeschlossen. In Waldes Büro zeigte das Telefon einen versäumten Anruf einer internen Nummer an. Beim Rückruf teilte ihm das Personalbüro mit, dass sein Urlaub mit dem gestrigen Tag beendet war und er ab heute wieder seinen Dienst antreten könne.

»Na toll«, murmelte Walde, während er anschließend die Nummer der Gerichtsmedizin wählte.

»Hoffmann«, meldete sich die aufgeräumt klingende Stimme des Gerichtsmediziners.

»Bock, hallo.« Walde räusperte sich. »Ich wollte hören, wie weit Sie mit dem toxikologischen Befund sind.«

»Der Bericht müsste Ihnen eigentlich bereits vorliegen«, antwortete Hoffmann im frohgemuten Ton eines Lottogewinnüberbringers.

Walde bemerkte nun den hellgelben Umschlag quer über der flachen Ablagekiste.

»Ist gerade eingetroffen, danke«, antwortete Walde. »Falls ich noch Fragen habe, melde ich mich.«

»Die werden Sie ganz gewiss haben.«

Während Walde noch überlegte, wie der Umschlag hierher gelangt sein konnte, obwohl sein Büro über Nacht abgesperrt gewesen war, zog er einen an vielen Stellen gelochten, blassgrünen Aktendeckel aus dem großen Kuvert. Die Blätter darin waren lose. Beim ersten Foto zog er, ohne den Blick davon wenden zu können, eine Schublade an der rechten Seite seines Schreibtischs auf und tastete nach dem Block mit den schmalen Haftmarkern. Als er ihn fand, platzierte er einen der gelben Klebestreifen an den Rand der Seite. Abgebildet war im Prinzip nichts anderes, als was er bereits an Deck des Schleppers gesehen hatte, nur dass diesmal eine Detailaufnahme des Mundbereichs zu sehen war. Walde drehte sich in seinem Stuhl zum Fenster. Er überlegte, ob er von einschlägigen Filmen darauf konditioniert war, bei einem derartigen Anblick Gruseln zu empfinden. Welche Perspektive würde er wählen, wenn er selbst die gruseligste Einstellung wählen müsste? Seine Augen folgten dem Flug einer Taube, sein Gehirn hatte keinen Platz für den Vogel, der gegenüber auf der Dachrinne am Turm der Pauluskirche landete. Über dem Rauschen der Stadt hörte er Vögel pfeifen, das knatternde Aufheulen eines Motorrads mit Zweitaktmotor, den monotonen Bassrhythmus aus einem Auto, das wahrscheinlich da unten irgendwo vor einer Ampel hielt.

Walde wandte sich wieder dem Bericht auf seinem Schreibtisch zu. Auf den nächsten Seiten folgten Details vom odontologischen Vergleich mit weiteren Aufnahmen. Nach einer Weile beschränkte er sich nur noch darauf, die Seiten mit den grässlichsten Bildern zu markieren.

Nach einem kurzen Klopfen öffnete Grabbe mit Schwung die Bürotür. »Wir sind zurück.« Sein Kollege hatte wieder deutlich mehr Gesichtsfarbe als am Vortag.

»Ich bin gleich hier durch.« Walde hob die Kladde an. »Weißt du, wie der Bericht auf meinen Schreibtisch kam?«

»Den hab' ich dahin gelegt«, antwortete Grabbe, der sich schon zum Gehen gewandt hatte und sich nun noch mal umdrehte. »Da war doch auch die Notiz dran, dass wir zur Caritas sind.«

Walde griff nach dem Umschlag. Da war nichts. In der Ablagekiste lag ein kleiner quadratischer Zettel mit seinem Namen drauf.

Als Walde in das Büro seiner Kollegen kam, war nur Grabbes harter Anschlag auf der PC-Tastatur zu hören, der verriet, dass er im vorigen Jahrhundert auf einer mechanischen Schreibmaschine gelernt und seine Finger sich bis heute nicht an einen sanfteren Druck auf die sensibleren Tasten gewöhnt hatten. Gabi saß, den Kopf in die Hand gestützt, und schaute nicht einmal auf.

»Ist alles okay?«, fragte Walde.

»Was soll denn sein?«, kam Gabis genervt klingende Gegenfrage.

»Wenn er das wüsste, würde er nicht fragen«, murmelte Grabbe laut genug, um verstanden zu werden.

»Was mischst du dich denn ein?«

»Er meint es doch nur gut.« Grabbe drehte sich ihr in seinem Stuhl zu. »Ich hab' dich ja auch schon gefragt. Oder ist bei dir auch gut gemeint gleich schlecht gemacht?«

»Man muss ja nicht jeden Tag gut drauf sein.« Sie zeigte auf die Kladde in Waldes Hand. »Können wir es für den Moment dabei belassen und über den Fall reden? Hat Hoffmann noch was gefunden?«

»Ja, er hat irgendwelche Sedativa bei Roth entdeckt.« Er legte die Mappe vor Gabi auf den Schreibtisch. »So ganz werde ich nicht schlau daraus.«

»Was haben die Zettel zu bedeuten?« Gabi schlug den Deckel auf. »Ach so!«, sie klappte Hoffmanns Bericht wieder zu und schaute Grabbe an. »Wie war's bei der Caritas?«

»Gerhard Roth arbeitete mit zwei älteren Kolleginnen zusammen. Sie scheinen ganz gut harmoniert zu haben. Ihr Kontakt hat sich allerdings nur auf die Arbeit beschränkt.« Grabbe nahm ein kleines blaues Notizbuch in die Hand, ohne es aufzuschlagen. Als würden die Informationen daraus auf geheimnisvollen Wegen über seine Hände zum Gehirn fließen, fuhr er fort. »Die Abteilungsleiterin konnte ebenfalls nichts Besonderes mitteilen. Auch sie sagt, Roth habe seine Arbeit ordentlich gemacht, weder mit zu viel noch mit zu wenig Ehrgeiz.«

»Kein Hauen und Stechen?«, fragte sie.

»Da geht es vielleicht nicht so ruhig und christlich zu, wie man vom Namen her erwarten könnte, aber man versuchte mir zu versichern, dass es keine Anzeichen von Mobbing gegeben habe. Nicht mal Andeutungen in dieser Richtung …« Grabbe stockte. »Was ist denn das?« Mit Daumen und Zeigefinger näherte er sich dem Becher neben der Schreibtischlampe, in dem diverse Stifte, ein Lineal und eine Schere steckten, und zog etwas Längliches heraus. Ohne Zweifel, das war ein Joint, ein Dreiblatt, fein säuberlich gerollt.

Gabi grinste. »Ich dachte, du hast mit dem Zeug aufgehört?«

»Der kommt bestimmt von den Kollegen vom RD.« Grabbe schnupperte an dem dicken Ende, wo das Zigarettenpapier wie eine Zündschnur zusammengerollt war.

»Warum sollten die das tun?«

»Erzähl' ich euch ein andermal.« Grabbe legte den Joint so vorsichtig auf den Tisch, als handele es sich um hochexplosiven Sprengstoff.

»Ist denn Dope drin?«, fragte Gabi.

»Du kannst ihn ja rauchen.« Er hielt ihr den Joint entgegen.

Walde schaute auf seine Uhr. »Hat Roth vielleicht in die Kasse gegriffen oder ist in schlechte Gesellschaft geraten?«

»Er kam persönlich weder mit Sach- noch mit Geldspenden in Berührung.« Grabbe ließ den Arm sinken.

»Keine Korruption oder Unterschlagung?«

»Sieht nicht danach aus. Seine Chefin sagt, die Spenden gehen ohne Abzug an die Hilfsprojekte. Sie hat sicherheitshalber eine Innenrevision veranlasst.«

Nach kräftigem Klopfen kam Stiermann zur Tür herein.

»Ich hoffe, ich störe nicht, meine Dame und meine Herren!« Der Polizeipräsident lächelte in die Runde. »Ich wollte mich vor Ort kurz ins Bild setzen.«

»Sie meinen den Fall Roth?« Das Notizbüchlein, das Grabbe über den Joint legte, erwies sich als zu klein. Er musste die herausragende Spitze mit der Hand bedecken.

Stiermanns Augen richteten sich auf Grabbes Hand. »Steht die genaue Todesursache fest?«

»Wir haben gerade den Bericht aus der Gerichtsmedizin erhalten.« Gabi tippte auf die Kladde vor ihr auf dem Tisch. »Wir müssen wohl von einem Fremdverschulden ausgehen.«

»Und Suizid kommt nicht infrage?«

»Die Auffindesituation spricht dagegen«, sagte sie. »Seine Ehe scheint intakt gewesen zu sein, er hatte einen Job beim Bistum, hat sich ehrenamtlich engagiert, hatte Hobbys …«

»Auch beim Bistum ist man heutzutage nicht mehr vor Entlassung gefeit.« Stiermann richtete sich wieder an Grabbe, der sich bemühte, nicht auf seine Hand zu sehen.

»Aber deshalb geht man nicht gleich in die Mosel«, bemerkte Gabi.

»Ich hoffe, die Sache hat keinen politischen Hintergrund«, sagte Stiermann.

Walde kam seiner Kollegin zu Hilfe. »Dafür gibt es bisher keine Anhaltspunkte.«

»Ich hoffe, dass es so bleibt und wünsche frohes Schaffen«, verabschiedete sich Stiermann.

Kaum war der Chef zur Tür hinaus, ließ Grabbe den Joint in einer Schublade seines Schreibtischs verschwinden.

»Ohne Motiv kommen wir nicht weiter«, sagte Gabi halblaut, als befürchte sie, der Polizeipräsident könne noch an der Tür lauschen.

»Wir sollten erst einmal herausfinden, was Roth für ein Mensch war.« Grabbe steckte das Notizbuch in seine Jackentasche zurück.

»Ein Gutmensch«, sagte Gabi.

»So, wie du das sagst, hört sich das wie ein Schimpfwort an.«

Als Gabi nicht reagierte, fuhr Grabbe fort: »Es gibt immer weniger Leute, die sich engagieren.«

»Hmh.« Gabi nickte.

»Du meinst wohl, weil du für Amnesty spendest, bist du raus aus der Nummer.« Grabbe zog die Schublade seines Schreibtischs auf und schaute hinein, als wollte er sich davon überzeugen, dass der Joint noch drin war.

»Auch für Greenpeace«, murmelte Gabi.

»Und damit hast du dir deine Greencard erworben?«

»Und wie engagierst du dich?«, blaffte Gabi.

»Ich habe Respekt vor dem Ehrenamt!« Grabbe knallte die Schublade wieder zu.

»Das ist ja schon mal ein Anfang«, sagte sie.

Walde pustete genervt durch. »Habt ihr schon was von Sattler gehört?«

»Der braucht noch Zeit.«

»Wie kommt es, dass Hoffmann schneller ist als die KT?«, fragte Walde.

»Frag' ihn doch!« Gabi schob ihm ihr Telefon zu.

Walde musste zweimal weiterverbunden werden, bis er sich bei den Kollegen von der Kriminaltechnik danach erkundigen konnte, wann mit Ergebnissen zu rechnen sei.

»Wir müssen noch was testen«, lautete Sattlers Antwort. »Es hat gedauert, bis wir das Zugseil gekriegt haben.« Im Hintergrund war das quietschende Flehen eines Gewindes nach einem Tropfen Schmieröl zu hören.

»Welches Zugseil?«

»Ein Zugseil, wie es an der Handbremse des Kangoo war. In zwei, drei Stunden wissen wir mehr.«

*

Heute schienen Gabis Absätze besonders laut zu klappern. Während er ihr durch den Korridor des Präsidiums folgte, fragte Walde sich, ob ihre Schuhe neu oder ihre Schritte energischer als sonst waren. Das ganze Haus war von den üblichen Geräuschen durchdrungen, aus denen man hier und da das Zuschlagen von Türen, Telefonklingeln, Gesprächsfetzen, das Piepsen von Fax, Mails und SMS, Lachen und Stuhlgerücke heraushörte.

»Was ist los?«, fragte Walde halblaut.

»Was meinst du?« Ohne ihre Schritte zu verlangsamen, wandte sich Gabi ihm zu.

»Wie ich's gesagt habe«, sagte Walde.

War das gerade ein Moderator aus dem Radio oder lief hinter der Tür ein Fernsehapparat?

Gabi ging am Fahrstuhl vorbei zur Treppe. »Nix, was soll schon los sein?«

Walde folgte ihr schweigend.

Unten hielt sie ihm die Tür zum Hof auf. »Ich freue mich natürlich darüber, dass du dir Gedanken um mich machst, aber ich muss mir erst einmal selbst über einiges klar werden.«

Von oben rief jemand. Walde blickte am Gebäude hoch und sah, wie Grabbe mit einem Papier winkte.

»Ich geh' noch mal hoch!«, rief er Gabi zu.

Als er zurückkam, drückte Gabi ihre halb gerauchte Zigarette an einem Müllcontainer aus.

»Was war denn?«

»Grabbe hat was entdeckt. Es liegt eine Anzeige gegen Roth vor!«

»Unseren Roth?« Sie warf die Kippe in den Behälter.

Walde nickte. »Eine Frau Hippens hat die Anzeige erstattet. Da fahren wir gleich mal hin.«

»Und was ist mit dem Bericht aus der Gerichtsmedizin?«

»Der muss warten.« Walde wollte nicht zugeben, dass er ihn oben im Büro hatte liegen lassen.

Erst war Walde seiner Kollegin um einen Schritt voraus, dann blieb er stehen und sie nahm überraschend seinen angebotenen Arm an. Das Laub auf dem schmalen Weg entlang der Mosel verdeckte auch die tückischen Erhebungen, wo die Wurzeln der Bäume den Teerbelag angehoben hatten. Ein scharfer Windstoß von vorn ließ sie synchron die Köpfe senken.

Rechts vor ihnen fiel die Böschung zur Mosel ab. Auf der anderen Flussseite zog sich ein Verkehrsstau hin bis zu den Weinbergen am Ende von Pallien.

Er richtete den Blick zurück auf den Weg.

»Da ist es.« Sein Schritt wurde langsamer.

Es war das zweite Haus auf der linken Seite, gepflegt, klein, aber fein und in bester Lage, mit freiem Moselblick und dennoch hochwassersicher.

»Kennst du dich hier aus?«, fragte Gabi, während er sie zur Haustür lenkte.

Er nickte und las auf den beiden Klingelschildern den gleichen Familiennamen mit je einem Buchstaben davor, um sich dann für die untere mit dem R vor HIPPENS zu entscheiden.

Drinnen schlug ein Hund an. Nach der Tonhöhe schien es sich eher um ein Hündchen zu handeln. Walde blickte in das Auge der Kamera neben dem Klingelschild, nicht sicher, ob ihn jemand von der anderen Seite beobachtete. Es dauerte eine Weile, der Hund kläffte schon länger nicht mehr, als das Rauschen der Sprechanlage verriet, dass jemand Kontakt zu ihnen aufnahm oder sie zu belauschen versuchte. So, wie man einen Blick, auch wenn er auf den Rücken gerichtet ist, irgendwie spürt, so fühlte er, wie ihn das Auge der Videoanlage beobachtete.

»Wir sind von der Polizei«, Walde hielt seinen Dienstausweis vor das Auge, ohne zu wissen, wie er die Brennweite der Kamera treffen konnte. »Wir kommen wegen Ihrer Anzeige.«

Der Türöffner wurde betätigt.

Im Flur stand eine ältere Frau, gebückt das Halsband eines Spitzes haltend, der nun wieder in einem unangenehm hohen Ton bellte und dies mit dem Wedeln seines Schwanzes konterkarierte.

»Mein Name ist Bock und das ist meine Kollegin …«

»Hippens, Rosemarie«, stellte sich die Frau mit leicht schnarrender fester Stimme vor. »Ich kenne Sie … Sie waren doch schon in der Zeitung, und außerdem, haben Sie nicht auch einen Hund, einen großen?«

»Einen Malamut.« Walde kannte die Frau ebenfalls von seinen Spaziergängen mit Quintus, die ihn oft hierher zur Mosel führten.

Sie ließ den Spitz los, dessen Aufregung sich gelegt zu haben schien. »Kommen Sie bitte herein!« Frau Hippens führte sie in einen Raum, eine Art Esszimmer. Der Spitz beschnüffelte die Beine der Besucher.

In zwei Glasvitrinen befanden sich Porzellanfiguren, manche in hellen Farben, andere bunt bemalt. Um einen rötlichen Holztisch standen vier dick gepolsterte Stühle, die beim Hinsetzen nur wenig nachgaben. Walde bemerkte den missbilligenden Blick, mit dem die Hausherrin Gabi bedachte, während sie sich auf einem Stuhl zwischen den beiden Polizisten niederließ. Er fragte sich, ob es an der Kleidung seiner Kollegin, ihrem Auftreten oder dem Umstand lag, dass sie als Frau diesen Job machte.

»Ist Ihre Nichte Edith zu Hause?«

»Meine Großnichte ist wahrscheinlich zur Universität.«

»Wahrscheinlich?«

»Sie ist in der Früh weg.«

»Wann etwa?«

»Gegen vier oder fünf Uhr. Ich mache mir Sorgen. Sie ist so anders seit dem Unfall.«

Nachdem Gabi sich die Handynummer der jungen Frau hatte geben lassen, sagte sie: »Sie haben gegen Herrn Gerhard Roth Anzeige wegen unterlassener Hilfeleistung erstattet. Kennen Sie ihn persönlich?«

Die Frau schüttelte den Kopf. »Ich war ja nicht dabei«, sagte sie. Dabei blickte sie ausschließlich Walde an.

Er nahm die von Grabbe ausgedruckten Papiere aus seiner Jackentasche und faltete sie vor sich auf. Während der Fahrt hatte er sie Gabi vorgelesen.

»Und wie kommen Sie dazu, Anzeige zu erstatten?«, fragte Gabi.

»Edith war am Ertrinken, und er hat ihr nicht geholfen. Wenn der Holländer nicht gewesen wäre …«

»Und woher wissen Sie das?«

»Das stand doch alles in der Zeitung.« Obwohl Gabi die Frage gestellt hatte, blickte die Frau weiter Walde an. »Edith wollte das nicht, aber ich kann doch nicht zulassen, dass dieses Subjekt ungeschoren davonkommt.«

Der Hund kam über den Parkettboden getrippelt und ließ sich unter dem Stuhl seines Frauchens nieder. Walde nahm einen Block aus seiner Jacke und notierte sich etwas mit dem kleinen Bleistift, während er zu Gabi blickte.

»Haben Sie mit dem Retter gesprochen?«, fuhr Gabi fort.

»Nein, aber das werde ich noch tun, er kommt morgen wieder nach Trier. Dann bekommt er vom Bürgermeister die Lebensrettungsmedaille verliehen.« Ihre Mundwinkel hoben sich ein wenig, während sie sich Gabi zuwandte.

»Nach dem Unfallbericht hat Ihre Nichte …«

»Großnichte«, korrigierte sie. »Ich bin ihre Großtante, sie ist die Tochter des Sohns meines Bruders. Ich habe nach der Scheidung wieder meinen Mädchennamen angenommen.«

»Ah, ja«, kommentierte Gabi.

»Es ist hier vor der Tür passiert«, fuhr die Frau fort. »Sie hat den Gang verwechselt oder zu spät gebremst und ist rückwärts den Hang hinunter in die Mosel gefahren. Ihr Wagen wurde von der Strömung erfasst.«

»Haben Sie das beobachtet?« Walde schaute aus dem Fenster. Durch den Hochwasserdamm wurde die direkte Sicht auf die Mosel versperrt, aber die Insel und die andere Uferseite waren zu sehen.

»Nein. Das hätte mein Herz sicher nicht verkraftet.«

»Und wie haben Sie herausgefunden, dass Gerhard Roth sich unterlassener Hilfeleistung schuldig gemacht haben soll?«

»In Höhe der Jugendherberge ist Edith in letzter Sekunde aus dem sinkenden Auto gerettet worden.«

»Von wem haben Sie den Namen von Gerhard Roth?«, hakte Gabi nach.

»Der nette Herr vom Tauchclub, der Herr Hol …«

»Holbach?«

»Genau, der hat mir die Auskunft gegeben.«

»Ist das Edith?« Gabi zeigte auf ein Foto, das zwischen den Vitrinen an der Wand hing. Es zeigte ein ernst blickendes Mädchen mit einer altmodischen Außenrolle und einer John-Lennon-Brille.

»Ja, das ist Edith vor zwei Jahren in …« Sie unterbrach sich.

»Hat sie sich inzwischen äußerlich stark verändert?«

»Die Haare sind etwas länger und ihre neue Brille hat einen etwas dünneren Rand.«

»Wo ist das Foto aufgenommen?« Walde zeigte auf das parkähnliche Gelände und das nur unscharf abgebildete große Gebäude im Hintergrund.

»Sie war in einer Klinik.«

»Weswegen?«, fragte er.

»Sie musste nach dem Abitur vorübergehend in psychiatrische Behandlung.« Als er sie weiter anblickte, fügte sie hinzu. »Es ging ihr nicht so gut.«

»Und wie geht es ihr momentan?«, fragte Walde.

»Sie hat zwar bei dem Unfall einen leichten Schock erlitten und kann sich an nichts mehr erinnern, aber seit ein paar

Tagen geht sie wieder zur Uni.«

»Dürfen wir es mitnehmen?« Walde hängte das Bild ab. »Sie bekommen es wieder.«

»Ich weiß zwar nicht … von mir aus.« Sie drängte den Hund zurück, der sich auf die Hinterpfoten stellte und nach irgendetwas zu betteln schien.

»Können Sie uns Freunde oder Bekannte von Edith nennen?«, fuhr Walde fort.

»Hierhin hat sie niemanden mitgebracht.«

»Ist sie noch in Behandlung?«, griff Gabi wieder in das Gespräch ein.

»Was hat diese Frage mit Ihren Ermittlungen zu tun?«, entrüstete sich Frau Hippens. »Schließlich ist sie das Opfer!«

Gabi legte eine Visitenkarte auf den Tisch. »Ihre Nichte soll uns umgehend zurückrufen. Richten Sie ihr das bitte aus.«

Noch an der Haustür zündete sich Gabi eine Zigarette an. Walde schaute sich um. Die Hauseinfahrt schien breit genug, um einen Pkw problemlos rückwärts auf den schmalen Weg zu rangieren.

»Hier müsste sie die Böschung hinuntergesaust sein.« Gabi deutete zum Fluss. Die Reifenspuren zwischen dem Bewuchs auf dem letzten Stück zum Wasser waren unverkennbar.

»Und wenn es gar kein Unfall war?«, fragte Walde. »Und sie Suizid begehen wollte.«

»Wir sollten Edith Hippens unbedingt finden!« Gabi nahm ihr Mobiltelefon aus der Tasche. »Fahndung?«

Sie machten einer Gruppe entgegenkommender Spaziergänger Platz, die allesamt Dackel an der Leine führten. Als die Leute vorbei waren, rief Walde im Präsidium an. Er bat Grabbe, eine Fahndung nach Edith Hippens zu veranlassen und die Pressemeldungen bezüglich des Unfalls und ihrer Rettung zu recherchieren.

Als sie ihr Handy wieder eingesteckt hatte, sagte Gabi: »Vielleicht kriegen wir doch noch eine schnelle Lösung.«

»Ich will herausfinden, was wirklich passiert ist«, sagte Walde.

»Ich hätte trotzdem eine schnelle und wahre Lösung parat, nur ist leider der Falsche tot. Wenn wir die egomane Tante als Leiche hätten, würden nun bei Roth die Handschellen klicken.« Sie lachte. »Und er bekäme selbst beim strengsten Richter mildernde Umstände.«

Nachdem Gabi im Präsidium angerufen hatte, stöckelte sie auf dem Weg zum Auto schweigend neben Walde her. Hinter ihnen hüstelte ein Radfahrer bevor er versuchte, sich neben ihr vorbeizuschlängeln.

»He, macht eine Klingel dein Rennrad zu schwer?«, zischte sie. »Iss lieber ein Schnitzel weniger, dann hast du sie raus!«

Sie schnippte die Zigarette den Hang hinunter. »Hast du diesen Typen gesehen? Sein Hängebauch wiegt dreimal so viel wie sein ganzes Rad. Und dann glaubt er, auf Schutzbleche und sogar eine Klingel verzichten zu können.«

»Einen Kindersitz hätte er wenigstens haben können.« Walde war froh, dass ihre Aggressionen ein Ventil gefunden hatten. »Natürlich aerodynamisch.«

Sie hakte sich wieder bei ihm unter. »Edith wohnt oben,

weil ihre Tante Rosemarie bestimmt nicht mehr so gut Treppen steigen kann.«

»Von da hat sie den schöneren Blick auf die Mosel.«

»Du bist ein Romantiker«, sagte sie. »Wahrscheinlich guckst du auch Sonnenuntergänge am Meer.«

Wäre der Hund nicht gewesen, der so heftig mit dem Schwanz wedelte, hätte Walde die Frau, die ihnen da mit ihrem Baby im Tragetuch und dem Malamut an der Leine entgegenkam, erst viel später erkannt.

»Hallo!«, begrüßte Walde Doris. »Mit dir habe ich hier gar nicht gerechnet. Dann kann ich Gabi auch mal unsere kleine Mathilda zeigen.«

Gabi beugte sich vor, während sie Waldes Arm losließ. Unter dem Tuch war dem schlafenden Baby das Mützchen über die Augen gerutscht. Nur Kinn, Mund und Nase waren zu erkennen.

»Ich gratuliere!« Sie reichte Doris die Hand.

»Ich muss dann mal, Mathilda bekommt bald Hunger.«

Noch während Walde das Fell von Quintus kraulte, spannte Doris die Leine und zog den Hund weiter.

Auf dem Parkplatz an der ehemaligen Kabinenbahn blieb Gabi kurz stehen. »Ist dir aufgefallen, dass an den Vitrinentüren bei Hippens die Schlüssel gefehlt haben?«

»Das sind alte Porzellanfiguren von Meißen und Hutschenreuther.«

»Mir hat der Nippes nicht gefallen.«

Die Autotüren reagierten auf die Fernbedienung mit einem Quietschen, das sich so ähnlich anhörte, wie wenn Annika sich zu Hause versehentlich auf die Katze setzte.

*

In der Werkstatt des Präsidiums war es kalt wie in einem Kühlschrank. Sattler stand unter der Hebebühne. Unter seinem Blaumann trug er einen dicken Rollkragenpulli.

»Der Kangoo hatte schon ein paar Jahre auf dem Buckel und daher noch eine Seilzugbremse.« Er klopfte mit einem langen Schraubenzieher gegen das rußige Bodenblech. »Die Hitze hat den Draht gedehnt, als der Bodenbereich des Wagens in Flammen stand. Es war kein Gang eingelegt, und der Winkel der kaum gezogenen Handbremse passt zu dieser Theorie.«

Gabi trat zu ihm. »Und das könnte der Täter gewusst haben?«

»Möglicherweise, jedenfalls stand der Wagen auf einem zum Wasser hin abschüssigen Gelände.«

»Verstehe ich das richtig?« Walde trat ebenfalls heran. »Der Täter hatte keinen Gang eingelegt und die Bremse nur so weit gezogen, dass der Wagen gerade noch so gehalten wurde?«

Sattler nickte. »Das könnte dir bei deinem alten Volvo wahrscheinlich auch passieren. Bei den modernen elektronischen Bremssystemen funktioniert so was nicht mehr. Bei denen geht, soviel ich weiß, bei einem Elektronikschaden die Bremse zu.«

»Und wer weiß so was?«

»Wie?«

»Ich meine, wer, außer Kriminaltechnikern.« Walde

knöpfte seine Jacke zu und verschränkte die Arme vor der Brust.

»Ich denke mal Kfz-Mechaniker, Autobastler, natürlich Kfz-Sachverständige, Leute vom TÜV, manche Feuerwehrleute, weiß der Geier.« Sattler schob seine Brille hoch. »Der Brand und das anschließende Tohuwabohu haben ansonsten alle Spuren restlos verwischt. Bleibt nur ein Reifenprofil, das wir am Tatort gesichert haben. Caroline kann sich auch nicht erklären, von welchem Wagen das stammen könnte.«

»Aha, du hast mit Caroline gesprochen?«, konstatierte Gabi.

»Ist das verboten?« Sattlers Stimme hatte mit einem Mal einen Ton angenommen, der Walde und Gabi sich überrascht anblicken ließ.

Während Gabi nach unten zur Pforte ging, wo die Leiterin der Trierer *Tafel* gerade angekommen war, begleitete Walde Grabbe in dessen Büro. Entgegen der peniblen Ordnung, die dort üblicherweise herrschte, türmte sich auf Grabbes Schreibtisch ein Wust an Papieren. Während er seinem Kollegen das Foto von Edith Hippens für die Einleitung der Fahndung nach ihr gab, fiel sein Blick auf den Bericht der Gerichtsmedizin, der auf einer Seite mit einem Foto aufgeschlagen war.

»Du siehst dir die Bilder an?« Walde zeigte auf das Bild, das Details einer Brandverletzung zu zeigen schien.

»Da hat deine Markierung gefehlt.«

»Entschuldige.«

»Kann ja auch rausgefallen sein«, wiegelte Grabbe ab. »Ich habe kein Problem damit. Hoffmann hat das Ganze so sachlich dargestellt, dass ich einigermaßen Distanz wahren kann. Ich konnte mir auch die anderen Fotos ansehen.«

»Und wie machst du es in der Gerichtsmedizin, wenn alles real zu sehen ist?« Walde griff nach den durcheinander liegenden Ausdrucken. »Darf ich?«

»Bei Blut stelle ich mir einfach den Saft von Rote Beete oder Ketchup vor. Nur beim Geruch, da ist mir noch nichts Vernünftiges eingefallen.« Grabbe nahm ein Handy aus seiner Brusttasche.

»Ach, du hast es gefunden?«, fragte Walde.

»Hab' ich von meiner Frau geliehen.«

»Du kannst doch ein neues Diensthandy haben!«

»Aber dann muss ich das alte als verloren melden. Vielleicht ergibt sich noch was.«

»'Rettung in letzter Sekunde'«, las Walde vor. »'Dramatische Szenen an der Mosel' … sind das …?«

»*Volksfreund*, *Tele Mosel*, *16vor*, SWR, RPR, *Wochenspiegel*, *TELE Mosel*, *Rathauszeitung*, alle haben darüber berichtet, wie der Holländer Edith aus dem Auto gerettet hat.«

‚Beherzter Mann fackelte nicht lange' lautete eine weitere Überschrift. Walde überflog die Artikel. »Da sind ja ganze Sätze identisch«, stellte er fest.

»Monika hat uns den Kram zusammengestellt«, sagte Grabbe. »Sie meint, ihre Pressemeldungen würden von den Medien oft eins zu eins übernommen. Bei den Berichten von der Feuerwehr scheint das nicht anders zu sein.«

»Hast du schon mit der Feuerwehr gesprochen?«

»Die haben nur ein paar Zeilen herausgegeben«, Grabbe wies auf die Berichte, »da wird hauptsächlich eine Pressemitteilung des *TCM* zitiert.«

»Kenn' ich nicht.«

»*Tauchclub Mosel*. Von denen haben ein paar Leute Erste Hilfe geleistet.«

»Im Wasser?«

»Natürlich an Land. Wie soll man Erste Hilfe im Wasser leisten?« Er schüttelte den Kopf. »Die hatten sich nebenan im Clubheim des Regattavereins getroffen.«

»Hast du die Namen der Leute?«

»Bisher nur einen, Konrad Holbach, der wurde in der Presse mit Namen zitiert. Er ist der Pressewart des *TCM* und arbeitet in einer Sektfabrik.«

Gabi wedelte mit einer Papiertüte in der Hand, als sie zur Tür hereinkam. »Leckere Rosinenbrötchen.« Sie warf Walde die Tüte zu und ließ sich auf ihrem quietschend nachgebenden Schreibtischstuhl nieder.

»Jemand, der sechzig Hilfskräfte koordiniert und einen Betrieb mit etlichen Lieferanten, Sponsoren und über zwölfhundert Kunden führt, hatte ich mir anders vorgestellt.« Sie wischte sich Krümel von der Bluse. »Zumindest hatte ich nicht dieses großmütterliche Wesen erwartet. Es hätte mich nicht gewundert, wenn die alte Dame eine Kittelschürze unter dem Regenmantel getragen hätte.«

Grabbe schaute irritiert auf das angebissene Brötchen in seiner Hand. »Stammt das von der *Tafel*?«

»Wäre das ein Problem?«, sagte Gabi.

»Nein, es schmeckt auch nicht so.«

»Du kannst also am Geschmack erkennen, ob ein Brötchen gekauft oder gespendet ist?«

»Ich wollte damit sagen, es schmeckt frisch.«

»Hast du was über Roth erfahren?«, fragte Walde unvermittelt.

»Mit dem Laden hatte er nichts zu tun. Roth hat ausschließlich Waren von den Märkten abgeholt. Morgen früh bin ich bei der Tour dabei, die er abgefahren hat.«

»Kisten schleppen?«

»Ich begleite zwei Herren.« Sie wandte sich an Grabbe. »Gibt es was von Edith Hippens?«

»Nein, bisher hat sie niemand gesehen, und ihr Handy hat sie wahrscheinlich ausgeschaltet.«

»Dann versuche es bitte weiter«, sagte Walde. »Ich fahre mit Gabi in die Sektfabrik zu Holbach.«

*

Von der Luxemburger Straße war Gabi mit dem Wagen ins Industriegebiet abgebogen. Auf den letzten paar hundert Metern konnte man zwischen den Hallen und Bürogebäuden immer wieder die hoch aufragenden Tanks der Sektfabrik erkennen. Als Erstes zündete sich Gabi auf dem Parkplatz eine Zigarette an. Walde blieb nichts anderes übrig, als sich die Tankkolosse aus der Nähe anzuschauen. Es waren insgesamt acht, die in der Höhe durchaus mit dem Glockenturm der Pauluskirche mithalten konnten.

Marmor und Glas bestimmten den Eingangsbereich des Verwaltungsgebäudes. Während die beiden in einem Besucherraum am Empfang warteten, betrachteten sie die Sektflaschen in den beleuchteten Vitrinen. Ein korpulenter Mann in Jeans und einem Pulli unter der dunklen Stoffjacke kam zur Tür herein. Er stellte sich als Konrad Holbach vor. Vorhin am Telefon hatte er vergeblich zu erfahren versucht, warum Walde ihn persönlich sprechen wollte.

»Um was geht es?« Dabei wies Holbach auf mit hellem Leder bezogene Stühle um einen Tisch, der aus einer dicken Glasplatte auf einer Stahlkonstruktion bestand.

Beim Hinsetzen spürte Walde den unangenehm kalten Bezug. »Es geht um den *Tauchclub Mosel* …«

»Und dafür kommen Sie hierher?«, unterbrach ihn Holbach. »Hätte das nicht bis nach Feierabend warten können? Wir sind heute ab sechzehn Uhr im Regattaverein.«

In der nun folgenden Stille fragte sich Walde, ob der Mann ernsthaft glaubte, die Polizei müsse auf ihre Freizeit verzichten, nur um einen für Zeugen genehmen Termin zu finden. Auch Gabi sagte nichts, während sie die Wölbungen des Bauches betrachtete, die sich unter dem engen Pulli des Mannes abzeichneten.

Holbach schien es nicht mehr auf seinem Stuhl auszuhalten. Er stand auf und öffnete eine der beiden Edelstahltüren des mannshohen Kühlschranks. »Darf ich Ihnen etwas anbieten? Wasser, Saft, Sekt?«

Gabi und Walde schauten auf ein penibel angeordnetes Sortiment aus kleinen Flaschen.

»Oder möchten Sie einen Kaffee oder Tee?«

»Ist da auch Apfelsaftschorle dabei?«, fragte Gabi.

»Haben wir. Und Sie?«

»Ein Wasser«, sagte Walde.

»Mit Kohlensäure, still oder Natur?« Holbach griff sich eine Handvoll Flaschen und stellte sie auf den Tisch, auf dem in der Mitte auf zwei Sets Gläser in Kreisform angeordnet waren. »Sie können sich wohl vorstellen, dass es nicht sehr angenehm ist, am Arbeitsplatz von der Polizei besucht zu werden.«

»Da kann ich Sie beruhigen. Wir haben uns an der Zentrale lediglich mit unseren Namen angemeldet.« Walde griff nach einem Flaschenöffner. Es hatte keinen Sinn, den Mann gegen sich aufzubringen. Sie brauchten seine Informationen. »Wie groß sind eigentlich die Tanks da draußen?«

Holbachs Miene hellte sich ein wenig auf. »Jeder fasst zwei Millionen Liter.«

»Ich habe acht gezählt. Dann wären das sechzehn Millionen Liter!«

»Das kommt hin.«

»Alles Sekt?«, fragte Gabi.

»So kann man es noch nicht nennen. Den stellen wir ja erst her.« Holbach lehnte sich im Stuhl zurück.

»Und was steckt da in den Tanks?«

»Grundwein, aus dem bei uns Schaumwein nach der Methode Charmat gewonnen wird.«

»Champagner?«

»Nein, das wäre Flaschengärung, eine ziemlich aufwendige Geschichte, da wird noch von Hand gerüttelt. Abgesehen von den rechtlichen Problemen wegen der Bezeichnung bräuchten wir Tausende von Leuten, um nur annähernd unsere Produktionsmenge zu erreichen.«

»Und die liegt bei?«

»Locker 300.000 Litern.« Holbach setzte sich gerade und

lächelte.

»Im Monat?«

»Am Tag! Im Monat sind das um die zehn Millionen Liter.«

»Wer säu ...« Gabi tippte mit einem Fingernagel an ihr Glas. »Wer trinkt das denn alles?«

»Es scheint genug Leute zu geben, sonst würden wir nicht solche Mengen produzieren. Mehr als die Hälfte davon geht ins Ausland. Und auch die Flaschengärung ist in kleinem Umfang im Kommen, auch bei uns. Ein paar Edelmarken konnten wir schon etablieren.«

»Und was ist Ihre Funktion?«, fragte Walde.

»Ich kaufe ein, was für die Produktion benötigt wird, quasi just in time.«

»Und ein Großteil der Materialien ist auf der Straße unterwegs?«

»Genau. Und oh weh, es fehlt etwas, und seien es nur Agraffen, dann steht die Produktion still.«

Holbach trank einen weiteren Schluck. »Aber Sie sind aus einem anderen Grund hier.«

*

Der Bericht der Gerichtsmedizin lag aufgeschlagen vor Grabbe auf dem Schreibtisch, während er eine Nummer in sein Telefon tippte.

»Ja, Herr Grabbe, was verschafft mir die Ehre?« Hoffmanns Stimme klang so begeistert, als hätte ihn der Bundespräsident persönlich angerufen.

»Darf ich Ihnen eine Frage bezüglich der toxikologischen Untersuchung bei Gerhard Roth stellen?«

»Nur zu.«

»Sie haben beim Opfer Spuren eines Tranquilizers gefunden?«

»Dadurch, dass der Wagen in die Mosel gerollt ist, ist außer Zähnen und Knochen noch genug übrig geblieben, um eine höhere Konzentration Tranquilizer feststellen zu können.«

»Zum Todeszeitpunkt habe ich in Ihrem Bericht keine Angaben gefunden.«

»Da muss ich leider passen, eine Todeszeitschätzung ist in diesem Fall praktisch unmöglich«, sagte Dr. Hoffmann. »Aber soviel ich weiß, gibt es doch Zeugen, die den Brand beobachtet haben.«

»Vielleicht ist Roth schon vorher an den Drogen gestorben.«

»Mir ist zwar ein Fall bekannt, da konnte anhand von gekochten Maden, die im Kopf einer Brandleiche gefunden wurden, eindeutig bewiesen werden, dass durch das Feuer die Spuren eines Mordes verwischt werden sollten. Anschließend wurde man auch auf kleine Messerstiche im Bereich der Wirbelsäule aufmerksam.«

Grabbe ahnte, dass der Pathologe bei seinen letzten Worten grinste. »Aber bei Gerhard Roth ist das Feuer todesursächlich. Der Tranquilizer hat im Zusammenspiel mit Alkohol den Mann betäubt. Durchaus möglich, dass er ohnmächtig war. Eine Überdosierung kann zu zentraler Atem- und Kreislaufdepression bis hin zum Koma führen.«

»Haben Sie feststellen können, um welches Mittel es sich konkret handelt?«

»Es ist ein Mittel aus der Gruppe der Benzodizepine, konkret müsste es Diazepam sein. Daneben habe ich Spuren von Valium in geringerer Dosierung gefunden.«

»Wann wird das Mittel, dieses Diazepam, verwendet?« Grabbe schaute auf das Gekritzel auf seinem Block. Er war sich nicht sicher, ob er alles richtig notiert hatte.

»Meines Wissens bei Erregungszuständen, es hilft auch bei erhöhtem Muskeltonus, und es wird als prä- und postoperative Medikation bei chirurgischen Eingriffen eingesetzt.«

»Ich kann es mir nicht einfach so in der Apotheke kaufen?«

»Es unterliegt dem Betäubungsmittelgesetz und ist für den normalen Bürger nicht ohne Weiteres zu bekommen.«

»Und wie kämen Sie an ein solches Mittel heran?«

»Ich?« In Hoffmanns Lachen schien eine kleine Unsicherheit mitzuklingen.

»Verschreiben lassen ist wohl schwer möglich.«

»Und illegal?«, fragte Grabbe.

»Auf jeden Fall hier im Haus. Mein erster Gedanke … nein, der ist ausnahmsweise mal nicht der beste. In der Psychiatrischen Abteilung werden sie zu misstrauisch sein. Das Nächstliegende wäre, den Giftschrank in einem der OP's zu durchstöbern.«

*

»Es geht um den *Tauchclub Mosel*«, kam Walde zum Anlass ihres Besuches in der Sektfabrik.

»Wenn ich meiner Arbeit nicht nachkomme, kann das schlimmstenfalls zu einem Produktionsausfall führen«, sagte Holbach in einem klagenden Ton.

»Was wollen Sie uns damit sagen?«, fragte Walde in dem ruhigen Ton eines Therapeuten.

»Wegen so einem Pippifax … ich meine, der *TCM*, das ist meine Freizeitbeschäftigung, und hier ist mein höchst verantwortungsvoller Arbeitsplatz.«

»Herr Holbach, wir ermitteln in einem Mordfall!«, sagte Walde.

»Wir sind nicht beim Vereinsdezernat«, ergänzte Gabi. »Und wenn es Ihnen hier nicht passt, werden wir diese Unterredung im Präsidium weiterführen.«

»Ich kenne meine Rechte!«

»Dann frage ich mich, warum Sie sich jetzt so aufregen«, seufzte Gabi. Der fein ausrasierte Kinnbart ließ den Mund des Mannes erscheinen, als sei er rundherum mit Schokolade bekleckert.

»Und Sie haben mich noch nicht einmal über meine Rechte aufgeklärt!«, bellte Holbach.

»Das pflegen wir für gewöhnlich bei Zeugen nicht zu tun.« Walde blieb ruhig.

»Was halten Sie davon, wenn wir Ihnen erst mal unsere Fragen stellen?«

»Und die wären?«

»Es geht um die Rettungsaktion an der Mosel.«

»Da war ich nicht dabei!«

»Aber Sie haben dazu eine Pressemitteilung herausgegeben.«

»Ich bin der Pressewart!«

»Dann müssen Sie sich doch kundig gemacht haben.«

»Selbstverständlich habe ich das!«

»Dann erzählen Sie mal.« Walde fuhr mit der flachen Hand über die absolut staubfreie Glasplatte des Tisches.

»Meine Vereinskollegen haben die Frau versorgt. Ich bin etwas später hinzugekommen und habe mit Jacco Hoek, dem Retter, nicht mehr sprechen können. Er wird morgen wieder nach Trier kommen und am Samstag beim Glaukosschwimmen die Lebensrettungsmedaille erhalten.«

»Können Sie mir mehr über diesen Mann sagen?« Walde machte Notizen.

»Wie gesagt, er hat Edith Hippens aus dem Auto geholt, Jacco mit zwei C und Hoek mit OE, Busfahrer aus Eindhoven, auf Klassenfahrt, wohnte in der Jugendherberge und hat sich an der Mosel die Beine vertreten. Sozusagen der richtige Mann am richtigen Ort!«

Gabi zog aus ihrer Handtasche eine Klarsichthülle mit den von Grabbe zusammengestellten Presseartikeln. »Ich stelle mir das nicht gerade einfach vor, was dieser Hoek da vollbracht hat.«

»Das kann man wohl sagen! Der war bei der holländischen Reddings Brigade, was auf Deutsch soviel wie Rettungsbrigade heißt, und hat in den Sommerferien als Baywatch an der holländischen Küste gejobbt.« Holbachs

Mimik zeigte wieder die Begeisterung von vorhin, als er von seiner Arbeit gesprochen hatte.

»Da ist noch von einem zweiten Mann die Rede, der aber nicht geholfen haben soll.« Gabi tippte auf eine mit Textmarker gekennzeichnete Stelle.

Holbach legte den Kopf schräg, schaute an ihnen vorbei und sagte nach einem Moment: »Das sagt mir jetzt nichts.«

»Wie kommt es denn, dass Sie den Namen dieses zweiten Mannes an Rosemarie Hippens weitergegeben haben?« Walde schaute den Mann aufmerksam an. »Gerhard Roth.«

»Kann sein, dass der nach dem ersten Bericht in der Zeitung bei mir angerufen hat.« Holbach rückte seinen Stuhl zurück, als wolle er aufstehen.

»Warum hat er angerufen?«

»Weiß ich nicht mehr. Irgendeine Beschwerde oder so.«

»Darüber, dass Sie die Rettung falsch dargestellt haben?«

»Das ist mir momentan nicht geläufig«, Holbach schaute an Walde vorbei.

»Und Sie haben anschließend behauptet, er hätte nicht bei der Rettung geholfen«, setzte Gabi nach.

»Weiß ich nichts von, das haben die von der Zeitung geschrieben.«

»Sieht mir nach einem Zitat von Ihnen aus. Ist in Anführungsstrichen gesetzt und Ihr Name steht dabei.«

»Das kann ich mir nicht erklären.« Holbachs Atem ging gepresst.

Gabi schob die Blätter zusammen. »Senden Sie uns bitte alle Pressemitteilungen zu, die Sie in dieser Angelegenheit herausgegeben haben.«

»Es waren nur zwei. Und die finden Sie auch auf der

Homepage des *TCM.*«

»Und versuchen Sie sich an das Gespräch mit Gerhard Roth zu erinnern.«

»Da müsste ich in meinen Notizen nachschauen«, versuchte Holbach auszuweichen.

»Tun Sie das, wir sehen uns heute Abend.«

Auf der Rückfahrt fragte Gabi, nachdem sie zum wiederholten Male vergeblich versucht hatte, Edith Hippens auf dem Handy zu erreichen: »Weißt du, was das sind, diese Dingsbumsaffen?«

»Was?«

»Holbach hat so was aufgezählt, bei dem ganzen Kram, den er besorgen muss.«

»Meinst du Agraffen?«

»Kann schon sein.«

»Das sind diese Drahtbügel, die den Korken halten.«

»Aha! Wusstest du, dass mehr Leute im Jahr durch umherfliegende Sektkorken ums Leben kommen als durch Blitzschläge?«

Walde ließ sich bei Frau Hippens in Zurlauben absetzen. Gleich nach dem Klingeln öffnete die alte Frau die Tür. Seit dem Morgen schien eine senkrechte Falte in der Mitte ihrer gefurchten Stirn hinzugekommen zu sein. Ihr Haar war ungekämmt. Wahrscheinlich hatte sie stundenlang auf das Schlagen der Haustür und das Läuten des Telefons gelauscht.

»Ihre Großnichte ist noch nicht nach Hause gekommen?«, fragte Walde.

Sie verneinte stumm, während sie zum selben Zimmer

wies, in das sie ihn am Morgen schon geführt hatte.

»Sie kennen wirklich niemanden, mit dem Edith Kontakt hatte?« Walde blieb in der Diele stehen.

»Ich weiß nicht.«

»Hat sie von jemandem gesprochen?«

»Nein.« Sie schüttelte den Kopf.

»Was hat sie getragen, als sie weggegangen ist?«

»Eine Jeans und eine dunkelbraune Jacke, so eine Art Anorak mit Kapuze.«

»Dürfte ich einen Blick in ihr Zimmer werfen?«

»Das ist oben.« Die Frau blickte zur Decke.

»Gut.»

Sie zögerte. «Ich kann Sie nicht so ohne Weiteres ... es würde Edith sicher nicht recht sein.»

«Vielleicht finden wir einen Anhaltspunkt dafür, wo sie sich aufhalten könnte.»

Die alte Frau hatte sichtlich Mühe beim Treppensteigen. «Wir haben vereinbart, dass die Putzfrau einmal im Monat durchwischt.» Rosemarie Hippens öffnete eine Tür, blieb aber in der kleinen Diele des erstens Stocks zurück. Walde sah ein ungemachtes Bett, einen Schreibtisch, der aus einer breiten Holzplatte auf zwei Böcken bestand, und einen großen alten Kleiderschrank, in dessen mittlere Türen Spiegel eingelassen waren. Bevor er das Zimmer betrat, zog er seine Schuhe aus. Auf dem Parkettboden gab es keine Stelle, wo er, selbst mit kleiner Schuhgröße, einen ganzen Fuß hätte hinsetzen können. So suchte er sich nun auf Zehenspitzen einen Weg zwischen Schichten aus Hosen, Blusen, Pullis, Kleidern, Röcken und Strümpfen. Er verdrängte den Gedanken, dass es später einmal in den Zimmern seiner Töchter ähnlich aussehen könnte.

«Sie zieht alles nur einmal an», sagte die Frau hinter ihm in klagendem Ton. »Und dann wandert es in die Waschmaschine. Edith lebt sehr zurückgezogen.«

Sollte das eine Erklärung für dieses Chaos sein, fragte sich Walde.

Auf dem Schreibtisch lag ein kleiner Bilderrahmen. Als Walde ihn umdrehte, erkannte er auf dem Foto Edith Hippens mit einem etwa gleichaltrigen Mann. Das Gebäude im Hintergrund erinnerte ihn an die psychiatrische Klinik.

»Ist es das Krankenhaus ...«

»Ja, sie hat ihn in der Klinik kennen gelernt.«

»Und jetzt ... haben sie noch Kontakt?«

»Ich glaube, er studiert nun auch hier in Trier.«

»Warum haben Sie uns das nicht gleich gesagt?« Walde war laut geworden.

Die alte Frau schien damit kein Problem zu haben. »Ich kenne ja nicht mal seine Adresse und seinen Nachnamen.«

»Die finden wir heraus«, sagte Walde. »Wie heißt er mit Vornamen?«

»Hanni.«

»Hanni für was? Hans, Hans-Peter, Johannes, Hannibal?«

»Ich weiß nicht, er ist dann auch in ihrer Gruppe gewesen, aber die dürfen sich ja eigentlich gar nicht privat treffen, also außerhalb.«

»Welche Gruppe?«

»Sie hat an einer Gruppentherapie teilgenommen.«

»Aus welchem Grund?«

»Das habe ich Ihnen doch gestern schon gesagt.« Wieder hatte ihre Stimme einen klagenden Ton angenommen. »Depressionen.« Rosemarie Hippens wedelte mit erhobenem Zeigefinger. »Das hat sie von ihrer Mutter!«

»Wissen Sie den Namen des Therapeuten?«

»Ich muss unten eine Rechnung von ihm haben.«

Auf dem Weg nach unten fragte Walde: »Hat Ihre Großnichte Medikamente genommen?«

»Lauter Naturzeugs.« Sie lachte bitter, während sie sich ans Treppengeländer klammerte. »Johanniskraut, Baldrian, Bachblüten und solchen Kram.«

»Warum haben Sie vorhin nichts von der Krankheit Ihrer Großnichte erzählt?«

»Sie haben nicht gefragt.«

*

Walde hatte schon befürchtet, die Praxis sei bereits geschlossen, als sich der Therapeut persönlich am Telefon meldete. In knappen Sätzen umriss Walde die Situation um Edith Hippens und die Gefahr, in der sie sich seiner Meinung nach befand.

»Ich kann Ihnen unmöglich die Telefonnummer eines Patienten geben. Wie wollen Sie beurteilen, ob Edith Hippens sich wirklich in Gefahr befindet? Wenn ich Sie richtig verstanden habe, sind Sie ihr noch nie persönlich begegnet.« Der Mann hörte sich keineswegs so ruhig und abgeklärt an, wie Walde sich einen Therapeuten vorstellte. Noch während er sich fragte, ob das vielleicht daran lag, dass er wahrscheinlich nicht gewohnt war, Fragen zu beantworten, kam die Frage des Psychologen. »Und wenn sie in Gefahr wäre, ist nicht gesagt, dass es Ihnen hilft, wenn ich Ihnen die Nummer von Hanni gebe.«

»Geben Sie uns die Chance, das herauszufinden.«

»Und ich verliere das Vertrauen eines Patienten, womöglich ohne Edith damit wirklich zu helfen.«

»Wenn es nicht ihr hilft, dann wenigstens uns.« Kaum hatte er den Satz ausgesprochen, war es Walde klar, dass er das Falsche gesagt hatte. Er hatte womöglich einen Mann an der Strippe, der es absolut nicht schick fand, der Polizei zu helfen. Polizei war für den wahrscheinlich die behelmte und mit Schlagstöcken und Wasserwerfern ausgestattete Macht des Staates, die auf Teufel komm raus atomare Endlager gegen friedliche Protestierer zu schützen versuchte.

»Ich mache Ihnen einen Vorschlag«, versuchte Walde es erneut. »Bitte rufen Sie den Hanni an und fragen ihn, wann er zuletzt Kontakt mit Edith Hippens hatte und ob er vielleicht weiß, wo sie sich aufhalten könnte. Er kann es Ihnen sagen oder mich direkt anrufen, ich gebe Ihnen meine Nummer.« In das folgende Schweigen fragte Walde: »Was halten Sie davon?«

Es dauerte ein paar Sekunden, bis der Therapeut antwortete. »Das kann ich machen.«

»Bitte machen Sie es sofort!« Walde legte auf und versicherte sich, dass sein Handy genug Ladekapazität hatte, bevor er nach Hause ging.

*

Während Walde in der Geschichte von dem kleinen Männlein auf dem schwedischen Bauernhof las, hatte Annika unentwegt einen Finger im Mund und schien nicht recht zuzuhören. Morgen werden wir wohl eine andere Geschichte aussuchen müssen, dachte Walde beim Zuklappen des Buches.

»Guck mal, der wackelt.«

Im schwachen Licht der roten Lampe konnte Walde kaum den Finger sehen, mit dem Annika auf ihren Mund zeigte.

»Wo?«

»Da!«

Er kam mit dem Auge ganz nah an ihren Mund heran. Manchmal spielten sie dieses Spiel, dass der eine dem anderen aus nächster Nähe zusah, wie er ganz langsam den Mund öffnete, was so schaurig wie bei einem Haifisch wirkte. Sie wendete ihr Gesicht der Lampe zu, und da sah er, wie sie den Zahn rechts neben den beiden längsten Schneidezähnen mit dem Zeigefinger vor- und zurückbog.

»Da weiß ich was, das hat mir früher, als ich so alt war wie du, meine große Schwester beigebracht: Einen Faden um den Zahn binden und das andere Ende an der Türklinke festmachen und wenn jemand reinkommt …«, er klatschte in die Hände, Annika zuckte zusammen, »zack, ist der Zahn weg!«

»Und wenn du ihn mir rausziehst?«

Das würde er niemals über sich bringen. »Warten wir

noch bis morgen, dann geht es bestimmt leichter.« Er beugte sich über sie und küsste ihre Stirn. »Schlaf gut und träume was Feines.«

»Und wenn ich nichts träume?«, rief sie ihm nach.

Er blieb im Türrahmen stehen. »Jeder Erwachsene und jedes Kind träumt ganz viel in der Nacht.«

»Und wenn ich mich nicht daran erinnere?«

»Dann siehst du den schönen Traum morgen früh in deinem lächelnden Gesicht im Badezimmerspiegel.«

»Und wenn dann der Zahn fehlt?«

»Dann hat ihn heute Nacht die Zahnfee geholt.«

»Die gibt es doch gar nicht!«

»Lass' dich überraschen!«

Im Wohnzimmer war es wärmer als sonst. Doris saß auf der Couch und sah fern. Neben ihr lag die schlafende Mathilda auf einer Decke, rundherum durch zwei dicke Stillkissen gesichert. Walde setzte sich neben sie an den Rand des Schemels, auf dem die Katze eingerollt schlief. Noch bevor er ihr die Hand hinter den Kopf legte, begann Minka ganz sachte zu schnurren.

»Warum bist du denn heute am Ufer gleich weitergegangen?«, fragte er.

»Warum flüsterst du?«

»Ich möchte Mathilda nicht wecken und dich nicht beim Fernsehen stören.«

»Sie ist mit ihrer Verdauung beschäftigt, und wenn ich beim Fernsehen zuhören will, störst du mich auch mit Flüstern.«

Walde wiederholte seine Frage in Zimmerlautstärke.

»Warum warst du so kurz angebunden?«

»Ich wollte eure Zweisamkeit nicht stören.«

»Hallo? Gabi hat sich bei mir untergehakt, weil sie auf der Holperstrecke mit ihren Stöckeln nicht zurechtkam.«

»Ihr wart in Zurlauben einen Kaffee trinken?«

Mathilda seufzte. Er beugte sich über sie. Ihre Augen blieben geschlossen.

»Wir hatten dort eine Zeugenbefragung.«

»Aha.«

Auf dem Bildschirm erschien eine in dunkles enges Leder gehüllte Frau mit Gesichtsmaske. Ihre Stimme hörte sich entfernt wie Schnurren an.

Minka hob den Kopf. Er nahm die Hand von ihr weg, während sie sich lang machte.

»Ganz schön … flink«, sagte er und war froh, dass er nicht sexy gesagt hatte. »Ja, wirklich.« Er schaute wieder zu Doris. »Kaffee gibt es auch im Präsidium, dafür brauchen wir nicht nach Zurlauben zu fahren.«

Doris wandte sich wieder dem Fernseher zu. »Weißt du schon, was du dir zum Geburtstag wünschst?«

Er hatte es nicht erwartet und war umso froher, dass sie so schnell das Thema wechselte. »Ich überlege mir was.«

Wenig später kam Doris zu Walde ins Musikzimmer. »Mathilda und ich möchten dir Gute Nacht sagen.«

Walde stellte den Bass, auf dem er leise gezupft hatte, in den Instrumentenhalter zurück. Mathilda trug bereits einen Strampler für die Nacht. Er nahm sie auf den Arm, und während sie an seiner Schulter lehnte, sog er den wunderbaren Duft ihrer Kopfhaut ein. Sie war wach und nuckelte an

Zeige- und Mittelfinger.

»Übrigens hab' ich mir ein paar Sachen notiert, die ich mir zum Geburtstag wünsche«, sagte Walde.

Doris legte ihm eine Windel über die Schulter. »Denk' dran, es ist kein runder, nur ein hundsgewöhnlicher Geburtstag.«

Walde seufzte: »Es ist ein Taschenbuch für 8,95, ein Woody-Allen-Film für 5,95 und eine Kochschürze, und wenn es nicht zu viel verlangt ist, noch …«

»Was noch?«

»Ich denke, für einen hundsgewöhnlichen Geburtstag reicht das schon.«

»Sag schon, was wolltest du denn noch?«, beharrte sie.

»Nee, ist schon genug.«

»Komm, sag schon, ich kann ja immer noch ablehnen.«

Er versuchte so zu tun, als ziere er sich. »… also, Annika ist doch neulich mein Lieblingsglas runtergefallen, das kleine Wasserglas.« Dass er daraus öfter Wein als Wasser trank, unterschlug er. »So eins hätte ich gerne wieder.«

Es erfüllte ihn die Genugtuung des Geschundenen, als er den zerknüllten Wunschzettel in weitem Bogen mitten im Papierkorb versenkte.

*

Nachdem das Taxi vorbeigesaust war, hörten die beiden Frauen, die in der Nacht über die Römerbrücke stadteinwärts eilten, nur noch das Klappern ihrer Absätze. Hoffentlich hat dieser Pressluftschuppen in der Karl-Marx-Straße nicht mehr auf, dachte Anke. Der kalte Wind fuhr ihr durch die noch vom Tanzen verschwitzten Haare. Laura hatte den Arm um sie gelegt. Zum einen, weil sie beste Freundinnen waren, zum anderen, weil Laura wieder einmal zu viel in der *Luke* getrunken hatte. So gut kannte sie ihre Freundin. Wenn diese Kaschemme noch geöffnet hatte, würde sie da rein wollen, um noch einen Absacker mit den alten, kaputten Säufern zu trinken, ein paar Sprüche von sich zu geben und dabei so dreckig zu lachen, dass selbst die Hartgesottensten zusammenzuckten.

Hinter den alten Moselkranen zog der hell beleuchtete Landeplatz auf dem Dach des Krankenhauses ihren Blick an. Während sich Anke fragte, ob dort die Rettungshubschrauber auch mitten in der Nacht landeten, bemerkte sie auf der gegenüberliegenden Seite der Brücke eine junge Frau, die mit weit nach vorn gebeugtem Oberkörper am Geländer lehnte. Anke schaute sich um, sie konnte kein Schiff auf der Mosel entdecken. Vielleicht beobachtete die Frau einen Schwan, der zu später Stunde noch auf dem Wasser unterwegs war. Anke wurde von ihrer Freundin weitergezogen, drehte sich nach ein paar Metern jedoch noch einmal um. Am Geländer stand niemand mehr, die Frau war verschwunden.

»Laura, die ist nicht mehr da!« Sie schüttelte den Arm ihrer Freundin ab und lief über die Fahrbahn auf die andere Seite der Brücke. Über das Geländer gebeugt starrte sie nach unten.

Etwas weiter flussabwärts schien sich das grauschwarze Wasser zu kräuseln. Rechts spiegelten sich die Lampen der Uferstraße im Fluss.

»Da ist sie!« Anke stieß ihre Freundin, die inzwischen neben ihr stand, und wies mit dem Arm zu der Stelle flussabwärts, wo die Frau offensichtlich um ihr Leben kämpfte. »Ruf die Feuerwehr, 110 oder 112.« Während sie zum stadtseitigen Ende der Brücke lief, dachte sie noch kurz darüber nach, ob Laura überhaupt dazu in der Lage war, den Notruf zu tätigen. Sie spurtete bereits die Rampe hinunter zum Ufer, auf dem Pflaster an dem ersten Kran entlang, dann zum zweiten und dahinter auf den geteerten Treidelweg am Wasser. Dort angekommen, blickte sie beim Laufen unverwandt auf den Fluss. Außer dem Klappern ihrer Schuhe und ihrem keuchenden Atem war nichts zu hören. Ankes Kräfte ließen rapide nach. Sie war die Strecke viel zu schnell angegangen, und nun konnte sie nicht mehr. Auch als sie stehen blieb, waren keine Hilferufe oder andere Geräusche vom Wasser her zu hören. Nach Atem ringend, beugte sie sich nach vorn, ließ sich auf die Knie sinken und übergab sich.

Freitag

Um zehn Uhr am Morgen ratterte Grabbe einen Zwischenbericht für Walde in einem Tempo herunter, als habe er zu viel Kaffee getrunken. »Gabi ist auf Sammeltour, *Tafel*, wie du weißt. Auf der Homepage des *TCM* stehen die zwei Pressemitteilungen von Holbach. Gegen zwei ist eine junge Frau von der Römerbrücke gesprungen, wurde noch nicht gefunden, wahrscheinlich ertrunken ...«

»Nein!« Walde ließ sich auf einen Besucherstuhl sinken. »Hast du was von der Tante von Edith Hippens gehört?«

»Denkst du dasselbe wie ich? Soll ich bei ihr anrufen?«

»Das übernehme ich.« Walde erhob sich. Beim Hinausgehen erfuhr er, dass in einer Stunde zwei Zeuginnen im Präsidium erwartet wurden, die Aussagen zu der Brückenspringerin machen wollten.

Während in seinem Büro der Rechner hochfuhr, schaute Walde aus dem Fenster. Der neblige Morgen vermittelte einen winterlichen Eindruck. Er verkniff es sich, die Monate zu zählen, bis es endlich wieder Frühling wurde.

Er tippte Frau Hippens Nummer ins Telefon. Bereits nach dem ersten Klingeln wurde abgehoben. »Edith, bist du es?«, fragte die zwischen Besorgnis und Erleichterung schwankende Stimme der älteren Frau.

»Waldemar Bock.« Walde atmete tief ein und aus. »Hat sich Edith inzwischen gemeldet?«

»Sie war da, gestern Abend.« Ihre Stimme wurde leise. »Ja, dann ist sie wieder weg und bis jetzt nicht zurückgekommen, die ganze Nacht …«

»Warum haben Sie ihr nicht ausgerichtet, dass sie bei uns anrufen sollte?«

»Das habe ich«, sagte sie mit Nachdruck. »Hat sie sich nicht gemeldet?«

»Nein, leider nicht.« Walde stützte seinen Kopf in die Hand.

*

Auf der Rückfahrt hatte sich der strenge Duft von Raimunds Altherrenrasierwasser endlich verflüchtigt. Zu Beginn der Tour war Gabi nach ein paar Minuten dazu gezwungen gewesen, ihr Fenster herunterzufahren, egal wie kalt es im Wagen wurde und wie sehr der Autobahnlärm nervte. Raimund hatte sich nicht beschwert. Wahrscheinlich hielten sein Pullover und die ärmellose Jacke mit den vielen Taschen das Gröbste ab.

Nun war die Ladefläche mit Kisten gefüllt, und ihr war auch nicht mehr schlecht. Raimund meinte, dass sie eine gute Ausbeute gemacht hatten, obwohl er eine ganze Steige mit Obst abgelehnt hatte, das seiner Meinung nach Flecken von Frost aufwies. Mit der Bemerkung ‚Die hätte sich der Gerd auch nicht andrehen lassen' waren zwei große Kartons mit Lebensmitteln in angeschlagenen Packungen auf der Rampe des nächsten Supermarkts zurückgeblieben.

»Gerd war meistens allein unterwegs«, erzählte Raimund nun schon zum zweiten Mal. »Für den Laden haben wir viele Leute, aber es gibt nicht immer genug Fahrer, und ihm schien es recht gewesen zu sein, allein zu fahren.«

Raimund hatte während der zwei Stunden, die sie unterwegs gewesen waren, kein Thema gefunden, das für eine intensivere Unterhaltung getaugt hätte. Vielleicht lag es auch daran, dass sich sein Angebot auf regionalen Fußball und das Programm des öffentlichrechtlichen Fernsehens beschränkte.

»Gerhard Roth hat also zweimal die Woche die Tour von Kenn bis Wittlich gefahren?« Gabis Frage war ebenfalls nicht neu. Sie war erleichtert, als der Mann zur Weberbach abbog. Am Hintereingang der *Tafel* mussten sie warten, bis zwei Wagen abgeladen waren. Gabi stieg aus und rauchte eine Zigarette. Ihr war kalt. Auf der Rückfahrt hatte Raimund die Heizung ausgestellt, um die Milch- und Joghurtprodukte kühl zu halten. Umso froher war sie über den dampfenden Becher mit Kaffee, der ihr von einer Frau gereicht wurde.

Als Gabi sich bedankte, stutzte sie. »Mit Ihnen hätte ich hier nicht gerechnet.«

»Ich kann noch lange genug zu Hause hocken.« Marlene Roth zog eine flache Kiste mit Mandarinen von der Ladefläche eines Transporters und trug sie in den Laden. Gabi trat ihre Zigarette aus und folgte ihr durch die Hintertür in den Verkaufsraum der *Tafel*, der viel kleiner war, als sie sich vorgestellt hatte. Rund ein Dutzend Frauen waren damit beschäftigt, ringsherum die Regale zu befüllen.

»Das wird aber nachher ein Gedränge geben!«, meinte Gabi.

»Jeder Kunde bekommt eine Nummer. Mehr als drei werden nicht gleichzeitig abgefertigt. Hier muss man schon ein wenig Zeit mitbringen.« Marlene Roth wies zum Ausgang. »Da steht noch eine Kiste Orangen.«

Gabi folgte ihr und half der Frau, die Kiste zu tragen.

Nebenan rangierte Raimund seinen Wagen rückwärts in eine frei gewordene Lücke. In der Nähe schienen bereits die ersten Kunden zu warten.

»Die werden immer jünger. Vor ein paar Jahren waren es hauptsächlich Leute mit kleiner Rente und Langzeitarbeitslose, und heute sind immer mehr junge Frauen mit Kindern dabei.« Die Frau hatte Gabis Blicke bemerkt.

An der Tür ließen sie zwei Männern den Vortritt, die aufeinander gestapelte, leere Kisten nach draußen trugen.

»Gerhard hat gewusst, dass die *Tafel* das Elend in der Stadt nur etwas lindern kann. Genauso wie die Caritas nicht allein dazu imstande ist, die Welt zu retten, und erst recht nicht die *Linken*. Er war schon als Schüler ein Fanatiker, wenn es um gerechte Behandlung ging. Er konnte sich nach Klassenarbeiten mit Lehrern bis aufs Blut um einen halben Punkt streiten, auch für seine Mitschüler, obwohl er nie zum Klassensprecher gewählt wurde. Später hat er sich immer mehr zu einem regelrechten Gerechtigkeitsfanatiker entwickelt. Das hat auch seinen Berufsweg bestimmt. Gerhard war bemüht, regional und global zu einer besseren Welt beizutragen, auch wenn er sich dabei gelegentlich wie Sisyphos fühlte.«

»Hat Ihr Mann die Rettung einer Frau aus der Mosel erwähnt?«

»Die mit dem Auto reingefahren ist?«

Gabi nickte.

»Im Laden wurde darüber gesprochen, das stand doch kürzlich auch in der Zeitung.«

»Kam Ihr Mann einmal mit nasser Kleidung nach Hause?«

»Das kam öfter vor, wenn er in einen Regenschauer geriet.«

»Und in den letzten beiden Wochen?«

»Glauben Sie, er hätte was mit der Rettung dieser Frau zu tun gehabt?«

»Könnte sein.«

Marlene Roth stellte die leeren Kisten ab. »Etwa vor einer Woche hatte er Kleidung in der Waschküche aufgehängt. Ich dachte, er wäre mit dem Rad in einen Regenschauer geraten. Zwei Tage später nahm er Lutschtabletten gegen Halsschmerzen.«

»Hat Ihr Mann auch mal stärkere Medikamente genommen?«

»Was meinen Sie?«

»Psychopharmaka oder dergleichen.«

»Nein, hin und wieder mal eine Kopfschmerztablette und was gegen Erkältungen, sonst nichts.«

»Hat er über die Frau aus der Mosel gesprochen?«

»Nein, vielleicht dachte er, dass ich schon genug Ärger auf der Arbeit hatte.«

»Sie hatten Probleme? Was konkret?«

»Das ist eigentlich ein Dauerzustand. Zuerst sollte der Laden, in dem ich arbeite, zugemacht werden, dann hieß es, er würde verkauft und das Personal übernommen werden, dann klemmte es bei den Bankkrediten. Und nun gibt es Ärger mit den Mietverträgen.« Sie winkte ab. »Manchmal hatte ich den Eindruck, das würde Gerd mehr belasten als mich. Er hat sich um alles viel zu viele Gedanken gemacht.«

»Auch in letzter Zeit?«

»Da war er ganz gut drauf und hat geheimnisvoll getan, aber dann lag er die halbe Nacht wach.«

»Wann war das?«, fragte Gabi.

»In den letzten Tagen.«

»Nachdem der Artikel in der Zeitung stand?«

»Hätte ich bloß einen Zusammenhang hergestellt!« Marlene Roth senkte den Kopf und zog ein Taschentuch aus dem Ärmel ihres dunklen Sweatshirts. Gabi legte eine Hand auf den Oberarm der Frau.

*

Der Wust an Papieren auf Grabbes Schreibtisch schien weiter angewachsen zu sein.

»Wie lange soll ich denn noch warten?«, rief Grabbe ins Telefon. Seine Wangen waren gerötet, sein Pullunder hing über der Rückenlehne seines Stuhls, er hatte sich die Ärmel seines Hemds aufgekrempelt. »Okay, aber wirklich nur eine Viertelstunde!«

»Wir benötigen die Videobänder von allen Tankstellen«, sagte Walde, »Zeitraum Montag, 22 Uhr, bis Dienstag, 1 Uhr.«

»Das kann Gabi vielleicht nachher machen. Ich frage mich, wo sie bleibt.«

»Gleich, wäre mir lieber.«

»Ich hab auch nur zwei Hände, wie soll ich …?«

»Ich besorge Verstärkung«, unterbrach ihn Walde.

Walde blieb am Fenster seines Büros stehen. Der Nebel hatte sich aufgelöst. Am blauen Himmel hingen weiße Schleierwolken, oder waren es verwehte Kondensstreifen? Die Tauben flogen über die Dächer der Stadt, wie sie es bei jedem Wetter taten.

Mit einem Mal gab es zahlreiche Ansätze für Ermittlungen, in die er sich nicht zu tief verstricken wollte. Er musste versuchen, den Überblick zu bewahren. Aber dafür brauchte er weitere Leute. Wandte er sich an den Präsidenten, riskierte er womöglich eine Diskussion über eine Sonderkommission.

Im Stehen wählte er die Nummer seines Kollegen Meyer. Nach drei Sätzen war das Problem gelöst.

*

An der Pforte musste Anke durch die Personenschleuse. Dahinter öffnete sich die Tür mit einem Summen. Was, wenn ihr übel wurde? Kam sie dann hier überhaupt wieder schnell genug raus? Eigentlich sollten Laura und sie bereits um elf hier sein, aber sie waren erst in der falschen Polizeiwache gelandet, und das Präsidium hatten sie dann auch nicht gleich gefunden.

Ein Polizist wies sie in einen verglasten Warteraum. Anke und Laura nahmen auf den kalten Drahtsitzen Platz. Sämtliche Möbel hier drinnen hatten Rahmen aus dickem Stahlrohr. Selbst die bunte Farbe konnte da nicht mehr viel retten. Sollte das Mobiliar Schutz vor Vandalismus bieten? Anke fragte sich, ob Randalierer nicht gleich in Zellen verfrachtet wurden.

Der Kopfschmerz meldete sich wieder, als würde ein Bohrer gleich über der Nasenwurzel angesetzt werden. Letzte Nacht waren sie dann doch noch in dieser Kneipe gelandet, hatten ein paar Schnäpse gekippt, und nun waren sie schwer verkatert.

Durch die offene Tür betrat ein Polizist in Uniform den Raum. Er begrüßte sie weitaus freundlicher, als Anke erwartet hatte. Es ging durch einen düsteren Gang um eine Ecke zu einem Büro, das hauptsächlich aus einem von zwei Beistelltischen eingerahmten Schreibtisch bestand. Vor einen der beiden setzten sich die jungen Frauen mit dem Rücken zur Tür auf orangefarbene Stühle. Die Wände schienen schon länger nicht mehr gestrichen worden zu sein. Neben einem Kalender der Polizeigewerkschaft hing ein Poster, das junge Leute beim Feiern zeigte. Im Nebenzimmer schien ein Fernseher zu laufen, vom Tonfall des Dialogs eine Soap. Gab es die schon vormittags? Und wer schaute so etwas im Dienst?

Der Polizist nahm ein Blatt Papier aus einer der übereinander gestapelten blauen Ablagekisten, die neben seinem Rechner standen, und warf einen kurzen Blick darauf. Es waren nur wenige Zahlen, die er anschließend ins Telefon tippte. Anke sah zu Laura hinüber, die ihre Ausweiskarte auf den hellbraun furnierten Tisch legte. In das Geräusch des aus dem Ruhemodus hochfahrenden Rechners sagte der Mann ins Telefon: »Sie sind da!«

Als er ihren Ausweis entgegennahm, hatte er wohl Ankes irritierten Blick bemerkt. »Kommissar Bock von der Kripo möchte Ihnen noch eine Frage stellen«, erklärte er.

Kaum waren die Personalien aufgenommen, als es an der Tür klopfte. Anke hatte sich einen Kommissar eigentlich anders vorgestellt. Im Fernsehen sah man die Typen im Dienst mit Waffengurten über der Schulter herumlaufen. Der hier hatte zwar auch seine Jacke abgelegt, wirkte aber nicht einschüchternd, obwohl er ziemlich groß war. Er trug keine Waffe und hätte auch als Psychologe oder Sozialarbeiter durchgehen können. Während der Uniformierte einen Stuhl für seinen Kollegen holte, stellte sich der Mann als Kommissar Waldemar Bock vor. Anke hatte noch nie jemanden mit diesem Vornamen kennengelernt. Mit Waldemar assoziierte sie einen häuslichen Pantoffeltyp mit Bademantel und Brille auf der Nasenspitze, der mit fünfzig noch im Hotel Mama wohnte.

Als der Polizist wieder an seinem Rechner Platz genommen hatte, hörte der Kommissar schweigend zu, als Anke von dem nächtlichen Erlebnis auf der Römerbrücke bis zu dem Zeitpunkt, als die Feuerwehr eintraf, berichtete. Diese sei sehr schnell zur Stelle gewesen. Anke hatte das Gefühl, dass es kaum mehr als eine Minute gedauert hatte, bis die Wagen mit Blaulicht oben auf der Uferstraße ankamen. Erst als Laura direkt angesprochen wurde, sagte sie, dass sie die Frau am Geländer nicht gesehen und lediglich die Feuerwehr alarmiert habe.

»Darf ich Sie auch noch etwas fragen?« Der Kommissar mit dem komischen Vornamen hatte auf einmal einen kleinen Umschlag in der Hand, aus dem er ein Foto zog und es Anke hinhielt. »Erkennen Sie die Frau wieder?«

Sie nahm das Foto zögernd in die Hand, als wollte sie vermeiden, ihre Fingerabdrücke auf dem Bild zu hinterlassen. Sie betrachtete die junge Frau, Typ Streberin, offensichtlich null Ahnung von Mode und der Welt, aber Einskomma-Abi.

»Soll sie …?« Anke blickte von dem Foto auf. »Soll sie das gewesen sein?«

»Das frage ich Sie.«

»Ich habe sie nur von hinten gesehen. Kein Gesicht … und von den Haaren her … die waren dunkel …«

»Können Sie sich noch an ihre Kleidung erinnern?«

»Ich glaube, sie hat eine Jeans getragen und eine dunkle Jacke, die Farbe war nicht zu erkennen.«

Als Walde wieder nach oben kam, war der Papierberg von Grabbes Schreibtisch urplötzlich verschwunden. Neben dem Monitor stand nun ein knapp meterhoher Turm aus übereinander gestapelten flachen Kunststoffkisten.

»Die Feuerwehr hat bis in die Morgenstunden Taucher eingesetzt, die Brückenspringerin aber nicht gefunden. Nun suchen sie zusammen mit der Wasserschutzpolizei das Gelände entlang der Mosel ab.« Grabbes Gesichtsröte war ebenfalls verschwunden, aber die Worte ratterte er immer noch herunter.

»Vielleicht hat sie sich retten können.« Gabi sprach mit vollem Mund. Sie hatte sich den Papierkorb auf den Schoß gestellt, um die Krümel aufzufangen.

»Das hält Stadler für unwahrscheinlich, das Wasser hat nur …« Grabbe zog aus einer der Kisten ein Blatt, ließ einen Finger darüber wandern und sagte dann: »Das Wasser hatte sieben Grad. Da verkrampfen die Muskeln ganz schnell.«

»Greift zu!« Gabi reichte die Tüte mit Teilchen an Walde weiter.

Der nahm sich einen Nussplunder aus der immer noch schweren Tüte und drückte sie Grabbe in die Hand.

»Wo sind die her?«, fragte Grabbe spitz.

»Die sind lecker, ich gebe sie aus.«

»Sind die schon wieder von der *Tafel*?«, hakte Grabbe nach.

»Die hat ein ganz normaler Bäcker gebacken. Bist du dir zu fein dafür?«

»Nein, ich denke nur, dass die uns nicht zustehen.«

»Die Leute haben die mir praktisch aufgezwungen, es waren wirklich genug da. Die sind auch so eine Art Dank dafür, dass wir uns um die Aufklärung des Mordes an ihrem Kollegen kümmern.«

»Dafür werden wir vom Staat bezahlt.«

»Ja, ist schon gut.« Gabi nahm die Tüte und hielt sie Walde hin, der sich erneut bediente.

»Bevor sie trocken werden«, murmelte Grabbe, während er sich nun doch ein Hörnchen nahm.

Gabi berichtete von ihrer Tour mit den Tafelleuten und dem anschließenden Gespräch mit der Frau des Opfers.

»In meiner Kindheit hat man mir erzählt, man könne die übrig gebliebenen Lebensmittel nicht nach Afrika bringen, wo die Menschen hungerten. Nun hat man doch angefangen, einen Teil des Überflusses vor dem Verderben zu retten«, sagte sie. »Weil nun auch bei uns gehungert wird.«

»Verstehe mich bitte nicht falsch«, sagte Grabbe. »Ich will hier nichts schönreden, Elend gibt es sicher genug, aber ich denke, die *Tafel* bewahrt die Leute nicht in erster Linie vor Hunger, sondern hilft ihnen, ihr weniges Geld zu sparen, um sich die eine oder andere Kleinigkeit leisten zu können.«

»Und wenn, was ist da schlimm dran, wenn sie sich mal einen Kinobesuch gönnen?«

Im Besprechungszimmer saßen bereits Gabi, Meyer und Grabbe an dem ovalen Tisch. Walde setzte sich dazu. Die Sekretärin des Präsidenten stellte eine große Thermoskanne auf den Tisch und ging wieder hinaus. Sechs Plätze waren mit Kaffeetassen und Tellern eingedeckt. In der Mitte des Tischs lagen Teilchen in einem geflochtenen Körbchen. Gabi kommentierte Waldes Blick mit einem Schmunzeln. Das also war der Rest aus der großen Tüte vom Vormittag. Er setzte sich zwischen Gabi und Grabbe, neben dem der blaue Kistenturm aufragte. Während Walde überlegte, ob er sich Fremdschämen oder seinen Kollegen darum bitten sollte, die Kisten zumindest auf den Boden zu stellen, rauschte Polizeipräsident Stiermann mit Monika im Gefolge zur Tür herein.

Nachdem er alle mit knappem Händedruck begrüßt hatte, nahm er gegenüber von Walde am Tischende Platz. Monika setzte sich auf den letzten freien Stuhl zwischen Stiermann und Gabi.

»Dann darf ich bitten!«, sagte der Polizeipräsident in die Runde.

Diese Aufforderung ließ Gabi an ihren Tanzkurs in frühen Jugendjahren denken. Sie reichte die Schale mit den Teilchen herum. Bis auf Grabbe, der sich lediglich eine Tasse Kaffee einschenken ließ, griffen alle zu.

»Können wir zuerst über die Videos der Tankstellen sprechen«, meldete sich Meyer zu Wort. »Ein paar Kollegen aus meinem Dezernat werden mich unterstützen.«

»Nur zu!« Stiermann nickte, während er sich mit einer Serviette die von einem Nussplunder verklebten Finger abwischte.

»Nach wem oder was sollen wir gucken?«, fragte Meyer.

»Wir sollten uns auf das Erfassen aller Autonummern beschränken«, antwortete Walde.

»Kann es nicht sein, dass ein Reservekanister im Wagen war?«

»Der Kangoo hatte einen Dieselmotor.« Grabbe zog ein

Blatt aus einer der oberen Kisten. »Die KT hat festgestellt, dass der Wagen mit Benzin in Brand gesetzt worden ist.« Er reichte das Blatt an Meyer weiter, der seinen Stuhl zurückschob und sich mit einem Klopfen auf den Tisch verabschiedete.

*

Als sein Funkgerät piepte, blickte Stadler von dem zerfledderten Bordbuch auf, das anscheinend so viele Jahre auf dem Buckel hatte wie dieser Lastkahn, den er gerade kontrollierte. Das kleine Hündchen, das eben noch durch das ganze Steuerhaus getollt war, blieb stehen und spitzte die Ohren.

»Tote Person auf der Pferdeinsel«, war die knappe Information des Steuermanns vom längsseits liegenden Polizeiboot.

»Das war's.« Stadler klappte das Bordbuch zu und beobachtete, wie der Hund zusammenzuckte. Sollte der bärtige Schiffsführer über das unerwartete Ende des Polizeibesuches froh sein, so ließ er sich das nicht anmerken.

Stadler tippte zum Abschied an seine Mütze, bevor er bei voller Fahrt vom Unterdeck des Frachters über den kleinen Spalt zurück auf das Polizeiboot sprang. Nebenan quietschten die Gummisohlen seiner Kollegin auf den Metallplatten des Bootes, noch bevor er ihr die Hand zur Hilfestellung reichen konnte. Sobald die Leinen los waren, drehte das Polizeiboot ab und beschleunigte.

*

»Kommen wir zum Stand unserer bisherigen Ermittlungen.« Walde war sich bewusst, dass er längst nicht alle Fäden in dieser Sache in der Hand hielt. »Gerhard Roth hat bei der Caritas …«

»Ich weiß«, unterbrach ihn der Polizeipräsident. »Herr Grabbe hat mich auf dem Laufenden gehalten.«

Grabbe hielt bereits ein Schreiben in der Hand und legte es auf den Tisch. «Gerhard Roths Vorgesetzte hat das Ergebnis der Innenrevision geschickt, wie erwartet – negativ. Die Ehefrau und deren Schwester, das Arbeitsumfeld und die Leute von der *Tafel* haben wenig Verdachtsmomente geliefert. Erst die Anzeige von Rosemarie Hippens gegen Gerhard Roth hat uns auf eine neue Spur gebracht.» Grabbe zauberte einen weiteren Zettel aus seinem Kastenturm. »StGB § 323c«, las er vor. »*Wer bei Unglücksfällen oder gemeiner Gefahr oder Not nicht Hilfe leistet, obwohl dies erforderlich und ihm den Umständen nach zuzumuten, insbesondere ohne erhebliche eigene Gefahr …*«

»Ja, danke«, winkte Stiermann ab. »So, wie sich mir die Situation darstellt, lag bei Roth eine erhebliche eigene Gefahr vor.«

»Edith Hippens wurde gerettet, ob mit oder ohne die Hilfe von Gerhard Roth. Rache für unterlassene Hilfe als Motiv für den Mord an Roth scheint mir unwahrscheinlich«, sagte Walde.

»Zumal Roth den Unfall als Erster gemeldet hat«, ergänze Grabbe. «Seine Handynummer wurde bei der Feuerwehr registriert.«

»Ich denke, in dieser Richtung sollten wir weiter ermitteln«, sagte Walde. Was genau er dachte, behielt er für sich. Etwas musste um den Unfall herum vorgefallen sein. »Laut ihrer Großtante soll Edith Hippens psychische Probleme haben. Gut möglich, dass die Fahrt in die Mosel gar kein Unfall war.« Gabi setzte sich auf. »Und es ist nicht auszuschließen, dass Edith Hippens in der letzten Nacht von der Römerbrücke gesprungen ist.«

»Da bewegen wir uns jetzt aber im Reich der Spekulation.« Der Präsident erhob sich. »Ich muss leider … vielen Dank.« Auf dem Weg zur Tür drehte er sich nochmals um. »Falls Sie noch was brauchen … oder sich etwas Neues ergibt, lassen Sie es mich wissen.«

»Aber ich bin … wir sind doch noch gar nicht zum Wesentlichen …« Grabbes irritierter Blick fixierte die längst geschlossene Tür.

Gabi schenkte sich den restlichen Kaffee ein. »Oder wollte noch jemand was?«

»Wir sollten mal festhalten, wo wir mit den Ermittlungen stehen«, sagte Walde. »Da wäre zum einen Roths Ehefrau …«

»Und deren Schwester«, Grabbe war zu der Flipchart

gegangen und riss das mit Kreisen, Dreiecken und Pfeilen bemalte Deckblatt herunter. »Ich kürze mal ab, also Opfer.« Das erste Wort schrieb er in die Mitte. »Ehefrau, Schwägerin, Caritas, *Tafel*.«

»Dann haben wir noch die Hippens«, sagte Gabi.

»Beide?«

»Ja, klar.« Gabi zog das zweite A in die Länge. »Edith Hippens könnte ja auch anderweitig abgetaucht sein, also nicht in der Mosel.«

»Möglich.« Grabbes Stift quietschte über das Papier. »Und da wären noch die *Linken*, also ich meine eigentlich die Rechten. Es wäre nicht das erste Mal, dass sie sich über politische Gegner hergemacht haben. Und der Tauchclub.«

»Die haben nachher ein Treffen, da erfahren wir vielleicht Genaueres über den Unfall«, sagte Walde. »Und es gibt den jungen Mann aus der Gruppentherapie.«

»Womit wir bei der Droge wären, die bei Gerhard Roth nachgewiesen wurde«, hakte Grabbe ein. »Der Psychologe, bei dem Edith Hippens in Behandlung ist, darf keine Psychopharmaka verschreiben. Keine der Personen«, Grabbe tippte mit dem Stift auf seine Aufzeichnungen, »niemand von denen hier scheint Zugang zu Diazepam zu haben. Ein gefährliches Zeug, das schon nach wenigen Wochen zur Abhängigkeit führen kann.«

Ein Handy brummte. Walde tastete nach seiner Hemdtasche. Sie war leer.

»Ja, Grabbe?«, meldete sich sein Kollege. Er hörte eine Weile zu und sagte dann: »Das ist ja der Hammer, ich rufe dich nachher zurück, danke Caroline.«

»War das die Hübsche aus Schweich?«, fragte Gabi.

»Im Dienst ist Aussehen für mich kein Kriterium.« Grabbe steckte das Handy wieder ein. »Sie hat herausgefunden, dass der Tauchclub in der Kenner Kneipe sein Vereinslokal hat.«

»Ich hab' mir die Pressemeldungen auf der Homepage des *TCM* angesehen«, sagte Monika. »Was die reißerischen Überschriften und die Dramatik angeht, scheint deren Pressewart, dieser Holbach, etwas zu viel Boulevardpresse verinnerlicht zu haben. Und wenn es um die Einschätzung der Lage geht, wie gefährlich es war, was gerade so noch vermieden werden konnte und was noch alles hätte passieren können, wird immer wieder Konrad Holbach zitiert, und auf fast jedem Foto ist er zu sehen.« Sie tippte mit dem Zeigefinger auf einen der Artikel vor sich auf dem Tisch. »'Bus versinkt in den Fluten'«, las sie vor. »'Nicht auszudenken, wenn er voll besetzt gewesen wäre'.« Monika tippte sich an die Stirn. »Kein Mensch war zum Zeitpunkt des Unfalls im Bus. Der Gang war ohne Fremdeinwirkung herausgesprungen, und es war keine Handbremse gezogen.«

Gabi hielt die Tür auf, während Grabbe seinen Kistenturm hindurchbalancierte. »Du duzt dich mit Caroline?«

»Sie hat sich mir mit Caroline vorgestellt«, antwortete er.

»Und wie sagt sie zu dir?«

»Grabbe halt, genauso wie alle anderen auch.«

»Und wie kommt Caroline an die Nummer, das Handy gehört dir doch gar nicht?«

»Kann ich dir was abnehmen?«, bot Walde an, um das Geplänkel zu beenden. »Du machst deine Sache richtig gut.«

Grabbe lächelte. »Der Fall liegt mir einfach.«

»Kann es sein, dass du dich mit dem Opfer identifizierst?«, bemerkte Gabi spitz.

»Nach allem, was ich bisher über ihn erfahren habe, wäre mir Gerhard Roth jedenfalls nicht unsympathisch gewesen.«

»Der hat das mit der *Tafel* doch auch für sich selbst getan.«

»Ich denke, jeder Ehrenamtliche zieht eine persönliche Befriedigung aus seinem Handeln, da ist doch nichts Schlimmes dabei.«

»Aber wenn sie ihr Amt nutzen, um sich selbst zu profilieren?«

»Das hat Gerd Roth doch gar nicht getan!«

»Ich denke an Holbach«, sagte Gabi. »Der hat sich auf seine Darstellung versteift und scheint nicht mehr davon abweichen zu können. Und wenn er falsch liegt, hat er zumindest einen Mord auf dem Gewissen, der aber in der Regel nicht von uns verfolgt wird.«

»Nicht von der Mordkommission?«, fragte Grabbe.

»Eine ganz subtile Spielart des Mordes – den Rufmord.«

Nachdem der Anruf von Stadler gekommen war, ließ sich Gabi von ihren Kollegen zur Kaiser-Wilhelm-Brücke mitnehmen. Während sie Grabbe und Walde nachblickte, die schnellen Schrittes in der Dunkelheit über den Uferpfad Richtung Regattaverein weitergingen, ging sie hinunter zu den Schiffsanlegern gegenüber der Insel. Im schwachen Licht einer Laterne bemerkte sie einen korpulenten, älteren Mann, der sich mit etwas unsicheren Bewegungen über die Uferböschung näherte. Lag es an den Stiefeln, die er trug, oder war er betrunken? Hauptsache, er ging weiter, hoffte Gabi.

»Sind Sie von der Polizei?« Der Mann trug eine Anglerhose, eine Kombination aus Stiefeln und Hose, letztere reichte ihm bis zu den Achseln. Statt einer Angel hielt er ein Fernglas in der Hand.

»Wie kommen Sie darauf?« Gabi warf ihre Zigarette Richtung Fluss und öffnete ihre Handtasche.

»Hab' ich mir gleich gedacht. Das hier ist doch kein Ort für eine Verabredung.« Der Mann wirkte aufgekratzt. »Ich hab' die Leiche entdeckt, da vorn. Wenn ich vorgehen darf?«

Sie folgte ihm. Auf dem Leinpfad ging es unter der Brücke hindurch bis zu der flussaufwärts gelegenen Spitze der Insel.

»Da!«

»Wo?« Ihr Blick folgte seinem ausgestreckten Arm. Dort, wo das Wasser des Flusses auf die Insel traf, sah sie nur Gebüsch und Unrat vom letzten Hochwasser, der sich in den Zweigen verfangen hatte.

»Man kann es von hier aus schlecht erkennen, höchstens ahnen.«

»Ja, wie haben Sie denn die Leiche entdeckt?«

»Ich war drüben, auf der Insel, und hab' sie gleich entdeckt, da vorn ist die Furt. Das Wasser dort geht mir genau bis zum Bauchnabel. Sie wissen, was das ist, eine Furt?«

Und wenn nicht, krieg' ich dann eine Fünf? Gabi fragte sich, ob sie an einen unter Erklärungsentzug leidenden Lehrer im Ruhestand geraten war.

»Zum Beispiel der Name Frankfurt kommt …«

»Ja, ja, und Klagenfurt …« Sie zündete sich eine neue Zigarette an. Wo blieb Stadler bloß? »Dammfurt, und, nicht zu vergessen, Schweinfurt!«

»Dammfurt?«

Ein großer Schwarm dunkler Vögel kreischte über sie hinweg, wendete vor der Brücke und schwebte hinab auf die ausladenden Bäume der Insel.

»Eine Krähenkolonie, in Spitzenzeiten mit mehreren Tausend Exemplaren. Die brüten auch hier.«

Jetzt fielen Gabi trotz der Dunkelheit die großen Nester in den Bäumen auf. Es waren Dutzende, vielleicht sogar mehr als hundert. »Wo bekommen die denn ihr Futter her?« Kaum war ihr die Frage herausgerutscht, holte der Mann tief Luft.

»Die Tiere bleiben über Winter, die brauchen nicht in den Süden, hier gibt es genügend Nahrung. Zurzeit hängt noch reichlich Obst an den Bäumen, Beeren gibt es auch, und in den Weinbergen sind längst nicht alle Trauben abgeerntet, außerdem finden sie auf der Müllkippe den ganzen Winter über etwas.«

»Da vorne kommt es!« Gabi zeigte auf das stromaufwärts in Sicht kommende Polizeiboot. Dies hielt ihren Begleiter aber nicht davon ab, seine Ausführungen fortzusetzen. »Und aus eigener Beobachtung weiß ich, dass die Papierkörbe auf den Schulhöfen mit all den weggeworfenen Pausenbroten ein wahres Schlaraffenland für diese Vögel darstellen. Die sind so clever, dass sie in Zweifelsfällen andere Vogelarten vorprobieren lassen, bevor sie ihnen dann die Beute abjagen.«

»Und was haben Sie damit zu tun?«, fragte sie.

»Eigentlich eine ganz einfache Sache. Ich zähle Vögel,

und zur Vermeidung von großen Beobachtungsdistanzen wate ich ab und zu rüber auf die Insel. Trotz der unwirtlichen Nachbarschaft mit der vielbefahrenen Moselbrücke lebt hier die vermutlich größte rheinland-pfälzische Population der Gattung Corvus, also der Rabenvögel.« Er schaute Gabi an, als erwarte er wieder eine blöde Bemerkung.

Das Polizeiboot richtete den Scheinwerfer auf den Altarm des Flusses, bevor es Kurs auf die Landungsstege hielt, von denen nur einer von einem kleinen Ausflugsboot besetzt war.

Gabi und Stadler mussten dem Hobbyornithologen in der steifen Anglerhose beim Übersetzen vom Landesteg auf das Polizeiboot behilflich sein, das gleich wieder ablegte und rückwärts in die Schifffahrtslinie manövrierte.

Im warmen Steuerhaus wurde Gabi bewusst, wie kalt es draußen war. Eine Hand über das Gebläse auf dem Armaturenbrett haltend, nahm sie mit der anderen eine Tasse Kaffee entgegen, die ihr die Kollegin reichte.

Stadler ließ sich von dem Mann über den genauen Fundort instruieren, während das Boot so lange im Wasser dümpelte, bis sie ein flussabwärts fahrender Schubverband passiert hatte.

Nun ging es mit voller Maschinenkraft unter der Kaiser-Wilhelm-Brücke hindurch moselaufwärts. Als Gabi zu dem Hobbyvogelkundler schaute, war es zu spät. Das Album lag aufgeschlagen vor ihm. Hatte er Aufnahmen von Schiffskollisionen oder gar welche von Fischen und Wasservögeln erwartet? Sie sah, wie er stockte, zu verstehen suchte, was er da sah, wie er sich tiefer hinunterbeugte, mehrere Seiten weiterblätterte, bis ihm bewusst wurde, dass nichts anderes in der Sammlung zu finden war als die Fotos von Wasserleichen.

Als er aufblickte, wandte Gabi ihr Gesicht wieder in Fahrtrichtung. Selbst schuld, dachte sie, man kann ja fragen, bevor man seine Nase in fremde Familienalben steckt.

Der Steuermann manövrierte das Boot mit gedrosselter Fahrt um die Spitze der Insel.

»Es müsste in dem Busch da gewesen sein.« Der Mann schien sich soweit wieder gefasst zu haben und deutete auf ein Gestrüpp, dessen Äste mit welken Blättern und allerlei Treibgut in den Fluss ragten.

Stadler schaute durch das Fernglas. Dann ging er nach draußen. Als das Boot dicht genug am Ufer war, stocherte er mit einer Teleskopstange zwischen den Ästen herum.

»Ihr könnt die Feuerwehr rufen«, sagte er, als er wieder hereinkam. »Sollte es die Frau von der Römerbrücke sein, ist sie wahrscheinlich gleich hier angetrieben worden. Bei der Suchaktion konnten wir sie vom Fluss aus nicht sehen, weil sie zum größten Teil unter Wasser liegt und, soweit ich das erkennen kann, einen grünen Pullover und eine khakifarbene Hose trägt.«

Gabi seufzte: »Die muss ich mir leider genauer ansehen.«

*

Auf dem Weg entlang des Ufergebüschs wähnte sich Walde an einem finsteren Dezembertag. Der wolkenverhangene Himmel verstärkte die früh einsetzende Dämmerung, die sich wie ein dunkler Flor über das Moseltal senkte. In der Einfahrt zum Gelände des Regattavereins steckte ein zu schräg rangierter Anhänger zwischen dem Durchlass in der hohen Mauer fest. Als der Pkw wieder nach vorn setzte, nutzten Walde und Grabbe die Lücke. Im Hof begegneten ihnen zwei schwebende Kanus mit Kiel nach oben. Erst auf den zweiten Blick erkannte Walde die schwarzen Neoprenanzüge unter den Booten. Eine Figur wirkte gedrungen, die andere schlank. Oberkörper und Kopf waren nicht zu sehen.

»Das ist aber nett, dass Sie uns helfen kommen!« Holbach hockte neben einem Gasheizpilz. Er hatte seinen Arm in die tonnenförmige Hülle gesteckt und hantierte an etwas im Innern des Gerätes.

Nebenan waren Bierzeltgarnituren aufgebaut. Darüber wurden Lichterketten gespannt. Von oben prasselte es. Holbach kam wieder hoch und betätigte einen Schalter unter dem silbrigen Schirm. Das Gas flackerte auf, um dann unter leisem Zischen weiterzubrennen.

»Meinen Sie, das geht so?« Holbach hielt eine Hand prüfend in Ohrhöhe.

»Kommt drauf an, wie nah man mit dem Kopf an der Flamme ist.« Grabbe sah zu Walde, der ihn und Holbach um Haupteslänge überragte.

Eine Frau stellte drei Becher auf den Tisch. »Das sind die Ersten zum Kosten.«

»Darf ich vorstellen: Herr Bock, Herr Grabbe, das ist meine Frau Lydia.« Holbach nahm einen Becher. »Greifen

Sie zu, meine Herren, absolut dienst- und führerscheinkompatibel. Nur ganz wenig Alkohol drin. Meine Frau nimmt nur guten Wein von der Mosel, dazu Johannisbeersaft, frisch gepresste Blutorangen, Zimt und noch ein paar Kräuter.«

Walde nippte an dem heißen Getränk. »Gut.« Es schmeckte wirklich gut, wobei er nicht abschätzen konnte, wie hoch der Alkoholanteil war.

»Wärmt, macht satt und ist gesund.«

»Prima«, lobte Grabbe.

Lydia Holbach lächelte. An Körperfülle stand sie ihrem Mann in nichts nach.

»Darf ich fragen, was Sie beruflich machen?«, fragte Grabbe.

»Ich arbeite im Krankenhaus«, antwortete sie.

Waldes Kollege wurde hellhörig. »Hier in Trier?«

»Ja, ich putze im Ehranger Krankenhaus.«

Aus dem Anhänger, der nach weiteren Rangierversuchen seine Position nebenan zwischen den Buden gefunden hatte, wurden Gerätschaften geladen.

»Das Glaukosschwimmen veranstalten wir zum ersten Mal.« Holbach hatte seinen Becher bereits ausgetrunken.

»Glaukos?«, fragte Grabbe.

»Das war ein Meeresgott der Griechen, Sohn des Sisyphos.«

»Den kenne ich.«

»Manche wollten es Christophorusschwimmen nennen. Haben Sie die Leserbriefe gelesen?« Holbach bekam einen weiteren Becher von seiner Frau serviert.

Walde verneinte.

»Für uns ist Glaukos der Schutzpatron der Taucher«,

sagte Holbach. »Früher gab es das Dreikönigsschwimmen. Aber um Neujahr herum hatten wir oft Probleme mit Hochwasser; und in den Jahren, in denen das Schwimmen stattfinden konnte, war die Publikumsresonanz recht mau, weil die Leute noch ihren Kater von Silvester pflegten oder lieber das Neujahrsspringen im Fernsehen guckten.« Holbach nahm einen tiefen Schluck. »Und nun machen wir das Ganze am Abend mit Fackeln und so, das bringt auch ein gutes Presseecho.«

»Und die Ehrung des Lebensretters«, ergänzte Grabbe. »Wann kommt dieser Jacco Hoek?«

»Er müsste heute Abend in der Jugendherberge eintreffen.«

»In der Jugendherberge?«

»Da hat er auf seinen Bustouren nach Trier schon oft gewohnt. Das ist ja hier gleich nebenan, und die Zimmer sind auch in Ordnung.«

»He, Konrad, bist du hier nur zur Glühweinprobe angetreten?« Ein weißhaariger drahtiger Mann, der ein Freund der Sonnenbank zu sein schien, war neben ihrem Tisch stehen geblieben.

»Das sind die Herren von der Polizei«, stellte Holbach vor.

»Sie waren bei der Rettung von Edith Hippens dabei?«, fragte Walde den Mann.

»Sie war schon an Land, als wir dazukamen, der Heinz und ich haben nur kurz eine Erstversorgung gemacht, stabile Seitenlage und so, aber der Rettungswagen kam ja schnell.«

»Ist der Heinz auch hier?«, fragte Walde.

»Der hat die Grippe.«

»Und wer hat Frau Hippens aus dem Wasser geholt?«

»Der Holländer, der Jack Hoek.«

»Jacco«, korrigierte Holbach.

»Und war sonst noch jemand beteiligt?«

»Einer hat die Frau getragen.«

»War das dieser Mann?« Grabbe legte ein Foto von Gerhard Roth auf den Tisch.

»Das kann ich nicht so genau sagen, könnte sein.«

Als Grabbes Mobiltelefon klingelte, entfernte er sich vom Tisch.

Walde wandte sich an Holbach: »Wissen Sie inzwischen, wie Sie an den Namen von Gerhard Roth gekommen sind?«

»Ich glaube, er hat sich nach dem ersten Artikel in der Zeitung bei mir gemeldet.«

»Glauben Sie das oder ist das so?«

»Er hat angerufen, ich habe mitgehört, weil mein Mann den Lautsprecher am Telefon eingestellt hatte«, kam Lydia Holbach ihrem Mann zuvor. »Ihm war der Schock von dem Unfall noch anzumerken, und er hat zugegeben, nicht geholfen zu haben, das kann ich bezeugen.«

Grabbe kam zurück, blieb aber in ein paar Schritt Entfernung stehen. »Der Bekannte von Edith Hippens hat sich gemeldet. Hanni aus der Gruppentherapie«, flüsterte er Walde zu. »Er sagt, er habe in den letzten zwei Wochen nichts von ihr gehört. Und Gabi hat sich gerade gemeldet.« Beim Weitersprechen hielt er sich eine Hand neben den Mund. »Sie ist sich sicher, dass es sich bei der gerade geborgenen Toten aus der Mosel um Edith Hippens handelt.«

Als sie an den Tisch zurückgekehrt waren, wandte sich

Grabbe an Holbach. »Wann hat die letzte Sitzung des Tauchclubs in Ihrem Kenner Vereinslokal stattgefunden?«

»Letzten Montag- oder Dienstagabend.«

»Und wie bewerten Sie die Umstände um die Rettung von Edith Hippens?«, fragte Walde.

»Ich habe mich vorhin mit unserem Vereinsanwalt, Herrn Haupenberg, abgestimmt. Mir wurde geraten, eine Stellungnahme nur nach entsprechender Rücksprache abzugeben.«

Ausgerechnet Haupenberg. Walde kannte diesen Anwalt mit piekfeiner Attitüde allzu gut. »Sie haben einen Anwalt konsultiert?«

Holbach straffte den Rücken. »Herr Haupenberg soll lediglich vermeiden, dass offiziell etwas in Schieflage gerät ...«

»Und was könnte das sein?«

»Eine reine Sicherheitsmaßnahme«, sagte der Pressewart. »Sie verstehen.«

Walde schüttelte den Kopf. »Nein, absolut nicht.«

*

Annika lag schon im Bett, als Walde ins Kinderzimmer kam. Beim Schließen der Tür löste sich etwas von der Klinke. Walde hob ein Schild mit der Aufschrift ‚*Bitte nicht stören*', wie er es aus Hotels kannte, vom Boden auf. Am unteren Ende steckte etwas Rundes, leicht Transparentes im Karton. War es das, was er vermutete? Nein, das konnte nicht sein!

»Wo hast du das denn her?« Er versuchte, so beiläufig wie möglich zu klingen.

»Von Thorsten.«

»Aha!« Walde hängte das Schild an den Türgriff zurück.

Annikas Lächeln entblößte eine Lücke. Waldes Bestürzung wich der Erleichterung. Endlich war der Wackelzahn raus.

»Wo ist denn der Zahn?«

»Im Topf.« Sie griff nach einem kleinen runden Gegenstand und reichte ihn ihrem Vater. Es war ein verziertes Holzdöschen, das sich aufklappen ließ. Mit einer Fingerkuppe betastete er die feine Schnitzarbeit.

»Mach auf!«, forderte Annika erwartungsfroh.

Im Innern kam ein kleiner Zahn zum Vorschein. Im Mund seiner Tochter hatte er größer gewirkt.

»Hat ein bisschen geblutet«, kommentierte sie und fuhr mit dem kleinen Finger in die Lücke.

Kaum hatte Walde mit dem Lesen begonnen, wurde Annika ruhig. Bevor die Geschichte zu Ende war, hatte sie sich schon längere Zeit nicht mehr bewegt. Leise legte er das Buch auf den Nachttisch und schaltete die Wandlampe aus.

Auf dem Weg zur Tür hörte er sie leise fragen: »Wen hast du lieber?«

Er blieb stehen. »Wie meinst du das?«

»Wen hast du lieber?«

»Wen habe ich zur Auswahl: Quintus, Minka, dich, Mathilda, Mama?«

»Mich oder Mathilda?«

»Ich habe euch beide lieb.«

»Und wen hast du lieber?«

Durch den Spalt in der Tür sagte er: »Ich habe euch beide sehr lieb und nun schlaf gut und träum' was Schönes.«

Aus der angelehnten Tür ihres Schlafzimmers fiel Licht. Walde schaute hinein.

»Was sagst du?« Doris trug ein schwarzes Kleid und darunter Pumps.

»Toll, passt dir wieder«, sagte er. »Niemand hält es für möglich, dass du erst Mutter geworden bist.«

»Meint man, es wären mehrere Monate her?«

»Nein, du hast eine wirklich tolle Figur«, Walde spürte, dass er ein paar verbale Klippen umschiffen musste. »Was nicht heißen soll, dass du mir während der Schwangerschaft nicht gefallen hättest.«

Sie drehte sich noch einmal vor dem Spiegel, wobei sie den Kopf hin und her wendete.

»Bald kannst du in dem Kleid wieder ausgehen.« Er wollte sie auf den Mund küssen, aber sie wich aus und ließ seinen Kuss ihre Wange treffen.

»Das kann ich anlassen?«, fragte sie.

»Ja, wenn es dir nicht zu schade ist.«

»Warum zu schade?«

»Ich dachte, es wäre zum Ausgehen.«

»Aber das tue ich ja, ich gehe ins Theater.«

Er dachte nach. Hatte er etwas vergessen, das sie ihm schon vor Tagen angekündigt hatte? Heute war Freitag. Er hatte keine Verabredung und auch nichts vor.

»Und was ist mit dem Futter?«

»Ich habe was abgepumpt, steht im Kühlschrank.« Sie kämmte sich das Haar. »Den Flaschenwärmer findest du auf der Arbeitsplatte. Du weißt ja noch, wie der funktioniert?«

»Und wenn Mathilda nicht mit dem Sauger klarkommt?«

»Ich habe es schon probiert und den Sauger etwas mehr aufgeschnitten.« Sie nahm ihr Handy aus der kleinen Handtasche. »Notfalls kannst du mir eine SMS schicken.«

»Ins Theater?«

»Ich stelle es lautlos und guck zwischendurch mal.«

»Kennst du einen Thorsten?«, fragte er.

»Ich gehe mit Marie.«

»Einen Thorsten bei Annika im Kindergarten in der Bärenhöhle.«

»So ein Blonder?«, fragte sie.

»Weiß ich nicht. Der hat Annika ein Kondom geschenkt.«

»Ach, du meinst diesen Türanhänger. Thorstens Vater arbeitet bei Pro Familia oder so.«

»Man kann ja nicht früh genug mit der Aufklärung beginnen.«

Samstag

»Kann Grabbe dich nicht begleiten?« Walde stand barfuß in der Diele und hörte zu, was Gabi am Telefon antwortete.

»Oder vielleicht allein …?«

Es half nichts, er konnte ihren Argumenten nichts entgegensetzen, weil ihn Mathilda die ganze Nacht auf Trab gehalten hatte, weil es ihm vor gefühlten fünf Minuten endlich gelungen war einzuschlafen, weil ihm kalt war, weil er dringend zur Toilette musste und überhaupt. »Okay, bis gleich.«

Er legte auf. Um wenigstens einen seiner bettwarmen Füße vor dem kühlen Parkett zu schützen, hatte er einen Fuß angehoben.

»Kommst du zum Frühstück, mein Storch?«, hörte er Doris' unverschämt gut gelaunte Stimme in seinem Rücken.

*

In der sich automatisch öffnenden Eingangstür des Krankenhauses mühte sich eine ältere Patientin damit ab, die störrischen Rollen ihres Infusionsflaschenhalters über die feinen Rillen des Bodenbelags zu schieben. Zwischen ihren Lippen steckte eine unangezündete Zigarette.

»Du weißt doch, dass Grabbe bei Identifizierungen so schnell heult, wenn ihn das Mitleid mit den Angehörigen … und außerdem hat er …«

»Ist ja in Ordnung, ich war eben noch nicht ganz wach, Mathilda hat …«

»Und außerdem klärt er mit Meyer die Geschichte mit den Videos von den Tankstellen, das war schließlich deine Idee. Meyer scheint die Nacht durchgearbeitet zu haben.«

Nebenan folgte dem Schnippen eines Feuerzeugs ein Hustenanfall.

»Meinst du, mir hätte das Spaß gemacht, zum Abschluss des Tages einer toten Frau ins Gesicht zu sehen, die schon eine Zeitlang in der Mosel gelegen hatte, an der sich schon die Fische …«

»Und du bist sicher, dass es Edith Hippens ist«, unterbrach sie Walde.

Sie nickte. »Die Leiche ist wirklich in keinem guten Zustand, ich hoffe, sie haben in der Pathologie noch ein wenig kosmetischen Einfluss nehmen können. Ihre rechte Gesichtshälfte … damit ist irgendwas passiert.«

»Wo bleibt eigentlich Frau Hippens?« Walde sah auf seine Uhr und stellte fest, dass er keine trug.

»Die wollte nicht abgeholt werden. Wir haben uns hier für Punkt zehn verabredet.« Gabi schaute auf ihre Uhr. »Und Grabbe kümmert sich auch noch um die Telefonortungen, und dann muss er auch noch …«

»Ist ja gut, dein Anruf kam einfach in einem ungünstigen Moment.«

»Warum bist du denn so schlecht gelaunt?«

»Ich bin nicht schlecht gelaunt!« Seine Stimme war einen Tick lauter geworden. Die Frau mit der Flasche am Stangengalgen spuckte neben den Aschenbecher. Im Wendekreis in der Nähe des Eingangs stieg Rosemarie Hippens aus einem Taxi. Sie führte einen Stock mit sich, den sie beim Gehen kaum als Stütze zu nutzen schien und wahrscheinlich in Erwartung dessen, was auf sie zukommen könnte, dabeihatte.

*

»Meyer ist gerade erst weg«, Grabbe wedelte mit einem Blatt Papier, als Gabi und Walde ins Büro kamen. »Passt alles auf eine Seite, die ganze Auflistung der Tankstellen, Autonummern und Zeiten, zu denen jemand einen Reservekanister betankt hat.«

»Und?«

»Negativ. Keine der Autonummern kann Personen zugeordnet werden, die wir bisher auf dem Schirm haben. Heute Nachmittag checke ich das Bewegungsprotokoll, das Sattlers Leute nach Gerhard Roths Handy für Montag erstellt haben. Caroline hilft mir.«

»Weiß deine Frau davon?«, fragte Gabi.

Grabbe richtete die Augen zur Decke, als wolle er ein höheres Wesen anflehen, seiner Kollegin Einhalt zu gebieten. »Was hat sich bei Dr. Hoffmann ergeben?«

»Hoffmann war verhindert. Schönen Gruß von Bruno«, sagte Gabi grinsend.

»Wirklich?«

»Nee, natürlich nicht. Bruno hätte wenigstens seine Brille putzen können«, Gabi schaute Walde an. »Hast du seinen Kittel gesehen mit den ganzen Flecken, das war nicht nur Blut …?«

»Ist es definitiv«, unterbrach sie Grabbe. »Hat Frau Hippens ihre Nichte identifiziert?«

»Großnichte.«

»Egal, handelt es sich um Edith Hippens?«

Walde nickte.

»Macht die Ehrung des Lebensretters unter diesen Umständen überhaupt Sinn?«

»Ich werde den Leuten vom *TCM* Bescheid geben«, sagte Walde. »Was sie daraus machen, ist ihre Sache. Jacco Hoek hatte gestern auf der Rückfahrt mit dem Reisebus in Frankreich eine Panne. Deshalb wird er erst heute nach Trier kommen. Ich treffe ihn beim Glaukosschwimmen.«

»Soll ich mitkommen?«, fragte Gabi zögernd.

»Nein, ich weiß doch, dass du ins Theater willst zu deinem …«

»Wenn du mich brauchst, sage ich ab.«

»Ich möchte nicht Schicksal spielen.«

*

Walde spazierte mit Annika und Quintus am Moselufer entlang. Er hatte die Strecke in Richtung Römerbrücke gewählt, weil er das Haus von Rosemarie Hippens meiden wollte. Der Schlafmangel ließ seine Arme schwer werden. Mathilda hatte den vorigen Abend verschlafen und war erst munter geworden, kurz bevor Doris nach Hause kam. Walde hatte angeboten, sich in der Nacht um das Baby zu kümmern. Da hatte er noch nicht ahnen können, dass ein Wachstumsschub, das jedenfalls hielt Doris für die Erklärung, seine jüngste Tochter fast die ganze Nacht über wach hielt.

Jetzt klammerte sich Walde an den Gedanken, dass er sich heute Nachmittag vor dem Glaukosschwimmen noch ein Stündchen hinlegen könnte.

Fast alle Spaziergänger lächelten Annika an. Bei der nächsten Begegnung beobachtete er ihr großes Lächeln. War das neu oder hatte sie das auch schon getan, bevor sie den Schneidezahn verloren hatte?

»Wen hast du lieber?« Diese Frage schien Annika fortwährend zu beschäftigen.

»Das hab' ich dir doch gestern Abend schon gesagt.«

»Was?«

»Ich habe euch beide lieb, dich und Mathilda.«

»Ganz genau gleich?«

»Liebhaben kann man nicht messen, dafür gibt es keine Waage.«

»Also hast du doch eine lieber?«

»Nein, so darfst du das nicht sagen!«

Vor ihnen war einer der alten Moselkrane aufgetaucht.

Walde blieb stehen: »Quintus, wir drehen um!«

Als der Malamut an ihnen vorbei lief, fuhr Annika ihm mit beiden Händen durchs Fell.

Der Wind blies ihnen nun kalt entgegen. Walde zog Annika die Mütze tiefer nach unten, bis sie Stirn und Ohren bedeckte.

»Wie denn dann?« Das Thema war für sie noch nicht erledigt.

»Du warst als Erste da, und dich habe ich zuerst lieb gehabt, daran kann sich auch niemals etwas ändern.«

Nun schwieg sie.

*

Die günstige Verkehrssituation am späten Samstagnachmittag und die Zeitreserve, die er stets einplante, führten dazu, dass Grabbe einige Minuten zu früh an der *Kutsch* in Kenn eintraf. Auf dem Parkplatz standen ein paar Autos, im Gastraum brannte Licht. Die über der Tür an die Hausfront gemalte Postkutsche war angestrahlt. Während Grabbe beschloss, hier draußen auf seine Kollegin zu warten, schritt er am Haus vorbei zum Hof. Verwelktes Kraut markierte die Umrisse des Anhängers, auf dem das Boot gestanden hatte. Es wurde heute sicherlich zum Glaukosschwimmen gebraucht. Ein Motorroller bog auf den Parkplatz ein. Im Dämmerlicht konnte Grabbe anfangs nur die Konturen der Person erkennen. So ganz ehrlich war er nicht zu Gabi gewesen, als er behauptet hatte, er würde im Dienst dem äußeren Erscheinungsbild einer Frau keinen Wert beimessen. Was die Polizeiuniform noch halbwegs kaschiert hatte, trat im zivilen Outfit deutlich in Erscheinung. Caroline war, ein anderer Begriff fiel ihm nicht ein, eine Wucht, wie sie sich mit dezentem, aber unübersehbarem Hüftschwung über den Parkplatz bewegte.

»Danke, dass Sie Ihre Freizeit opfern.« Ein wenig verlegen gab er ihr die Hand.

»Waren wir nicht schon beim Du?«

»Klar, Caroline«, murmelte Grabbe. »Sollen wir?« Er hielt die Eingangstür auf und ließ ihr den Vortritt.

Instinktiv zog Grabbe seine Brille aus. Er hatte erwartet, Rauch zu riechen, aber es war ein leichter Essensgeruch, nicht übel, der im Raum hing. Es war angenehm warm. Als Grabbe seine Brille wieder aufsetzte, war sie wider Erwarten nicht beschlagen, er zog den Reißverschluss seines Parkas auf und folgte Caroline, die an einer Ansammlung weiß gedeckter Tische vorbeiging. Im Fernseher über der Theke lief ein Fußballspiel. Die wenigen Männer, die an der Theke vor ihren Biergläsern hockten, schienen die Ankommenden mehr zu interessieren als das Geschehen auf der Mattscheibe.

Zwei junge Frauen waren damit beschäftigt, die Tische einzudecken, die in U-Form angeordnet waren. Die Blumengebinde ließen auf eine Festlichkeit schließen.

»Was darf's denn sein?«, fragte der Wirt, als Grabbe und Caroline zur Theke traten. Alfred war glatt rasiert, hatte seine Haare gewaschen und gekämmt und sein blütenweißes Hemd schien sogar gebügelt zu sein.

»Danke«, winkte Grabbe ab. »Wir …«

»Die Herrschaften möchten ein Zimmer?« Alfred deutete eine Verbeugung an. »Wir sind zwar keine Pension, aber die Dame kann bei mir schlafen, der Herr darf sich eine von meinen Kellnerinnen aussuchen.«

Caroline verzog keine Miene. Auf ihren Streifenfahrten ergaben sich genügend Gelegenheiten, ihr Pokerface auszubilden. »Sind die auch angemeldet, Alfi?«

»Nur Aushilfen für heute, nachher haben wir eine Gesellschaft.«

»Und die Destille im Schuppen, was ist mit der?«, blieb sie beharrlich.

Der Wirt schaute Grabbe an, als habe der ihn bei einem Kleinjungenstreich verpetzt: »Also … der Schnaps war nur für den Eigengebrauch.«

»Und davon geht nicht mal ein Gläschen über Ihre Theke?«, sah sich Grabbe bemüßigt zu fragen, während er sich zu der Tafel umdrehte, woher Besteckgeklapper drang.

»Höchstens, wenn mal jemand probieren will, natürlich kostenfrei.« Der Wirt bückte sich. »Ich hab' zufällig gerade einen hier.«

»Was halten Sie davon, die Sache zu legalisieren und ein Gewerbe anzumelden?«, fragte Grabbe.

»Hab' ich doch.« Alfred schenkte sich einen Schnaps ein.

»Vielleicht für die Gaststätte, aber nicht für die anderen Sachen.«

»Welche Sachen?« Alfred leerte sein Glas in einem Zug.

Caroline zählte auf: »Honig, Schnaps, Prostitution, Marihuana …«

Alfred hustete und rang nach Luft. »Prostitution?«, keuchte er.

»Sie haben uns doch gerade eben das Angebot gemacht«, spielte Grabbe mit.

»Aber ich würde doch bei einer so schönen Frau nichts dafür nehmen.« Sein feistes Grinsen kehrte zurück.

»Und was ist mit meinem Kollegen, dem du deine Bedienungen angeboten hast? Sind die überhaupt achtzehn?«

»Das war doch nicht so gemeint.«

»Wie denn?« Sie schaute ihn eindringlich an. »Soll das heißen, den Handel mit Honig, schwarz gebranntem Schnaps und Marihuana gibst du zu?«

»Das wird ja immer schöner. Muss ich mir jetzt am Samstagmittag im dicksten Betrieb einen Anwalt besorgen?«

Grabbe deutete auf die Tür im hinteren Teil des Raumes, auf deren Oberlicht ein kleiner stilisierter Taucher klebte. »Können wir den Raum mal sehen?«

»Ich muss mal in der Küche nach der Gulaschsuppe gucken.« Alfred wirkte auf einmal geschäftig.

»Macht nix, lassen Sie sich ruhig Zeit«, sagte Caroline. »Wir können ja in der Zwischenzeit die Personalien der beiden Mädchen überprüfen.«

»Gehen Sie ruhig gucken, die Tür ist offen, ich komme nach.« Die Küchentür entließ einen Schwall Gulaschsuppenduft. Auch wenn Alfred alles andere als einen reinlichen Eindruck machte, lief Grabbe das Wasser im Mund zusammen.

*

Über dem gegenüberliegenden Markusberg war noch ein schmaler Streifen Himmel dunkelrot gefärbt.

»Das Christkind backt schon Plätzchen für Weihnachten«, rief Walde gegen die laute Musik an, aber Annika interessierte sich nur für die Leute, die hier am dunklen Moselufer versammelt waren.

Die meisten trugen Neoprenanzüge, manche hatten Römerhelme, andere Wikingerhörner aufgesetzt oder gelbe Badeentchen auf ihren Mützen befestigt.

»Guck mal!« Annika zeigte auf einen Mann, der statt Taucherbrille eine riesige Sonnenbrille trug. Auf dem Kopf hatte er eine dunkle Langhaarperücke und ein Baströckchen um die Hüften.

Die Ampelphase nutzend, kamen immer wieder Gruppen von Leuten herüber, die sich im gegenüber der vierspurigen Uferstraße liegenden Wasser- und Schifffahrtsamt umgezogen hatten, manche in Bademänteln oder dicken Anoraks.

Der Wind blies immer noch schneidend von Osten. Walde war froh, Annika die Teufelsmütze angezogen zu haben. Eine weitere Mittelohrentzündung wollte er ihr ersparen.

»Guck mal!« Annika lenkte seine Aufmerksamkeit auf die Straße, wo sich eine tritonenartige Gestalt, einen Dreizack wie ein Zepter schwingend, in majestätischem Schritt näherte. Als die Erscheinung die Uferböschung erreichte, erkannte Walde Holbach, dessen nackte Brust mit Muschelketten bedeckt war. Von den Hüften hing Seetang hinunter.

Eine füllige Dame in einem gestrickten, einteiligen Ganzkörperbadeanzug im Stil der 20er-Jahre kam ihm entgegen. Die weiß-gelben Streifen leuchteten grell im Licht eines Scheinwerfers.

»Ist das König Triton?«, fragte Annika.

»Nein, das soll wahrscheinlich der Glaukos sein.«

»Wer?«

»So was Ähnliches wie der König Triton, ein Meeresgott, der war der Sohn des Sisyphus, schon mal gehört?«

»Was?«

»Die Geschichte vom Sisyphus?«

Sie schüttelte den Kopf, während sie fasziniert beobachtete, wie die Hummel Maja dem Seeungeheuer einen Kuss gab.

Annika wurde von hinten angestupst. Als sie sich umdrehte, lächelte sie ein großer Delfinkopf an.

»Kommst du mit?«, versuchte sich ein Mann im Neoprenanzug mit heller Stimme als Bauchredner. Auf dem Kopf trug er ein rot blinkendes Elchgeweih.

Annika schaute unsicher zu ihrem Vater hoch und als der lächelte, grinste sie ebenfalls.

»Ich kann noch nicht schwimmen«, antwortete sie.

»Dann gehe ich allein mit Flipper.« Der Mann watschelte auf seinen Flossen Richtung Wasser.

Die Musik wurde gedämpft. Von der Mosel her war nun das Knattern der Außenborder an den Schlauchbooten zu hören, dahinter brummte dumpf das Polizeiboot. Ein Scheinwerfer erfasste Glaukos, der auf einem der Boote stand und in ein Megafon brüllte: »Luft drei Grad, Wasser fünf

Grad, wir kommen!«

Eine lange Reihe Fackeln wurde entzündet, die Scheinwerfer erloschen. Am Ufer kam Bewegung in die Teilnehmer. Lachend und schwatzend näherten sie sich dem Steg. Am Wasser wurden ihnen brennende Fackeln überreicht. Während die Taucher mit Schwimmflossen ohne Zögern rückwärts in den Fluss schritten, legten die übrigen ihre Bademäntel ab, unter denen Shorts und Bikinis erschienen. Es dauerte eine Weile, bis sich einige von ihnen überwinden konnten, in das kalte Wasser zu waten. Manche führten bunte Schwimmnudeln, Surfbretter oder Rettungsringe mit sich, auch der Delfin war unterwegs.

*

In der Mitte des Raumes waren auf einem Karree aus vier Tischen diverse Kuchen neben appetitlichen Platten mit Schnittchen, verschiedene Salate und Baguette auf Holzbrettern angeordnet. Stühle gab es keine. Die wurden wohl im Gastraum der *Kutsch* gebraucht. Neben einem Billardtisch stand ein Kicker in der Ecke.

An einer mit hellem Holz getäfelten Wand hing eine Dartscheibe, umgeben von einigen Zeugnissen gescheiterter Würfe. An der Fensterfront waren die Rollläden heruntergelassen. Daneben befand sich in einer schmalen Vitrine eine Sammlung von Pokalen.

»Das sind die Leute von der Feuerwehr, die vom Dartclub und das da«, Caroline war vor die Wand getreten, wo allerlei Fotos hingen, »das müssen die vom Tauchclub sein.«

»Aha.« Grabbe betrachtete ihre in dunkle Leggins gehüllten Beine unter dem Rock. Gerade noch rechtzeitig hob er den Blick, als sie sich zu ihm umdrehte.

»Das da sind Herr und Frau Holbach.« Grabbe wies auf ein Foto, das die beiden in Taucheranzügen am Strand liegend zeigte, umspült von Meeresbrandung.

»Da will man ja gleich anpacken und die Ärmsten wieder ins Meer zurückziehen«, flüsterte sie.

Grabbe konnte eigentlich mit Witzen auf Kosten anderer Leute wenig anfangen. Aber er musste sich eingestehen, dass die Körperfülle der beiden auch ihn an gestrandete Wale denken ließ.

Sich die Hände an einem seitlich an der Schürze hängenden Tuch abwischend, kam der Wirt herein.

Eigentlich hielt Grabbe nichts von Spekulationen. Und Poker war kein Spiel, das seinen Charaktereigenschaften entsprach. Dennoch stellte er die Frage: »Warum haben Sie mir nicht gesagt, dass am Montagabend der *TCM* hier tagte?«

»Sie hann ja net gefragt«, antwortete der Wirt in aufgebrachtem Ton.

»Aber Sie sagten, Sie hatten Ruhetag!«

»Hatten wir ja auch.«

»Und was war mit dem Verein?«

»Die hann sich selbst bedient, aus dem Kühlschrank, und auf ihren Deckel geschrieben, was sie getrunken hann.«

»Alfi.« Eines der Mädchen stand in der Tür. »Die Gäste

kommen.«

»Kennen Sie diesen Mann?« Grabbe hielt dem Wirt ein Foto von Gerhard Roth hin.

Alfred nahm das Foto in die Hand. »Nä, kenn ich nicht.«

»Er fuhr einen Kangoo.«

»So einen, wie da unten abgebrannt ist?« Der Wirt deutete mit dem Daumen in eine unbestimmte Richtung.

»Ja«, antwortete Grabbe erwartungsfroh.

»Nä, so ein Auto war am Montag nicht hier.« Er wies zur Tür. »Ich muss.«

»Noch eine Frage«, hielt ihn Grabbe zurück. »Wer vom *TCM* war hier?«

»Der Vorstand und noch ein paar Leute, eigentlich dieselben wie immer. Der Schorsch, der Heinz, der Conny …«

»Konrad Holbach?«

»Ja.«

»Wie viele waren es insgesamt?«

»Sieben oder acht, sind doch immer dieselben, die sich im Club abrackern. Dat war nun schon die dritte Frage«, räsonierte Alfred.

»Was meinst du?«, fragte Grabbe seine junge Kollegin, als sie auf dem Parkplatz ankamen, der inzwischen zugeparkt war. »Würde er uns sagen, wenn Gerhard Roth am Montag da gewesen wäre?«

»Nein«, antwortete sie.

»Warum?«

»Aus Prinzip.«

»Was soll das heißen?«

»Dass Alfred aus Prinzip keinem Bullen hilft«, sagte sie.

»Es sei denn, er hätte davon einen Vorteil.« Sie trat zurück, um einen Wagen vorbeizulassen, dessen Fahrer sich vergeblich Hoffnung auf einen freien Platz machte.

»Trotzdem danke, dass … du gekommen bist.«

»Ich muss los, noch was essen, Brote machen und mich umziehen, bevor es zum Nachtdienst geht«, sagte sie. »Fährst du zum Glaukosschwimmen?«

»Walde ist da und wird dort den Holländer treffen, den Lebensretter.« Grabbe nahm eine Karte aus seiner Jacke und faltete sie auf. »Die KT hat mir eine Aufzeichnung der Bewegungen von Gerd Roth vom Montagabend anhand der Telefonortung aufgezeichnet. Aber vielleicht sollte ich die Bereiche morgen im Hellen abfahren.«

»Darf ich mal sehen?« Sie ließ sich die Karte zeigen und leuchtete mit einer kleinen Taschenlampe darauf.

»Das sind knappe zwei Kilometer von hier, da liegt die Magdalenen-Klinik.« Sie tippte mit der Hand auf eine schraffierte Fläche. »Vielleicht hat er dort einen Krankenbesuch gemacht?« Sie gab ihm die Karte zurück.

*

Wenige Meter vom Ufer beleuchtete eine lange Kette von Fackeln das Wasser. Auf den Booten dahinter blitzten immer wieder Kameras auf. Walde hatte Annika auf seine Schulter genommen und eilte mit schnellen Schritten über den Uferweg, um mit dem Tempo der Schwimmer mithalten zu können.

Oben auf der Kaiser-Wilhelm-Brücke drängten sich viele Schaulustige am Geländer und feuerten die Schwimmer an. Ausgerechnet als Walde unter dem niedrigen Bogen der Brücke einschätzen wollte, ob sie beide darunter hindurchpassten, zog ihm Annika seine Wollmütze über die Augen.

»Annika, lass das!« Walde blieb stehen. Etwas Weiches rauschte in seinen Rücken.

»Entschuldigung!«, keuchte es hinter ihnen.

Nachdem er die Mütze gelüpft hatte, sah er einen Mann mit einem Bündel Bademänteln über dem Arm, der ihn umkurvte und Richtung Bootshaus weitereilte.

Als Walde sich nach einer Weile umblickte, wechselten die Zuschauer auf der Brücke zur flussabwärts gewandten Seite, während die letzten Schwimmer darunter hindurchtrieben.

Schon von Weitem dröhnte die Musik. An den Stegen des Regattavereins wurde denjenigen geholfen, die am Ziel vorbei zu treiben drohten. Der Mann mit den Bademänteln wartete bereits auf deren Besitzer. Hinter dem von Lampen angestrahlten Steg, über den nun die ersten Teilnehmer patschten, bemühte sich ein Kamerateam um eine gute Aufnahmeposition.

Draußen bei den Booten plumpste etwas Massives in den Fluss. Wenig später entstieg Glaukos dem Wasser. Während er seine Muschelketten ordnete, landeten die ersten Schwimmer in normaler Badekleidung. Auch Tarzan war darunter, der die Gelegenheit nutzte, sich mit geschwellter Brust zwischen zwei Bikinischönheiten auf den Steg zu schieben, die

Hände der verdutzten Frauen zu fassen und mit ihnen vor den Kameras zu posieren.

Glaukos wartete geduldig, bis er sich der Aufmerksamkeit der Presse sicher sein konnte, um würdevoll an Land zu schreiten.

»Triton ist gar nicht geschwimmt!«, rief Annika.

Walde verkniff es sich, sie zu korrigieren, während er beobachtete, wie Holbach sich eine Medaille umhängen ließ, was sich bei den Teilnehmern mit Hörnern und diversem anderen Kopfschmuck mitunter als schwierig gestaltete.

*

Marlene Roth meldete sich mit zögerlicher Stimme. Grabbe schien es, als hege sie immer noch die Hoffnung, ihr Mann könne urplötzlich zurückkommen und die letzten Tage würden sich als ein Albtraum erweisen.

»Entschuldigen Sie«, sagte Grabbe, »haben Sie eine Minute Zeit?«

»Ja?«

»Wissen Sie, ob Ihr Mann jemanden in der Magdalenen-Klinik besucht hat, jemanden aus Ihrer Familie oder dem Freundeskreis?«

»Nein.«

»Hat er die Magdalenen-Klinik mal erwähnt?«

»Nein, jedenfalls erinnere ich mich nicht daran.«

»Ist Ihnen sonst etwas eingefallen, das uns weiterhelfen könnte?« Grabbe fragte das, weil er das Gefühl hatte, jetzt nicht einfach das Gespräch beenden zu können.

»Leider nein. Was ist denn mit der Magdalenen-Klinik?«

»Falls wir etwas erfahren, lassen wir es Sie wissen.« Grabbe hätte sich eine bessere Antwort gewünscht.

Während Grabbe auf dem Gelände an der Magdalenen-Klinik einparkte, überlegte er, wie leicht es zu ermitteln war, wer sich zu einem bestimmten Zeitpunkt als Patient im Krankenhaus aufgehalten hatte, es aber kaum nachzuprüfen war, wer hier zu Besuch war.

Die samstagabendliche Ruhe war in der menschenleeren Eingangshalle der Klinik zu spüren. Der ältere Mann am Empfang lächelte ihm freundlich zu.

»Hatten Sie letzten Montag Dienst?« Grabbe drückte seine Polizeimarke an die Scheibe. Er hatte den Parka gegen das Sakko getauscht, das immer noch im Wagen gelegen hatte.

»Ja.« Der Mann rutschte auf seinem Stuhl nach vorn und straffte den Rücken.

»Auch am Abend?«

»Ab 18 Uhr, jeden Tag diese Woche.«

»Ist Ihnen vielleicht dieser Mann aufgefallen?« Grabbe zog ein Foto von Gerhard Roth aus der Innentasche seiner Jacke. Hinter der Glasscheibe schien auf einem der Monitore die Sportschau zu laufen.

»Moment!« Der Pförtner erhob sich und kam näher an die Scheibe. Er musterte das Foto. »Kann sein, so ganz unbekannt scheint mir das Gesicht nicht zu sein. Ich hab' ein ziemlich gutes Personengedächtnis.«

»Aber sicher sind Sie sich nicht?« Grabbe dachte daran, dass der Pförtner sich auch an das Foto von Gerhard Roth erinnern konnte, das in der Zeitung abgebildet war.

»Nein, wird er gesucht?« Der Pförtner hob die Stimme, weil er sich zu weit von seinem Mikrofon entfernt hatte, während er mit einem Finger in Höhe des Bildes gegen die Scheibe tippte.

»Nicht direkt.« Grabbe fragte sich, was ihm da in die Nase stieg, dieser Geruch, den er auch aus anderen Krankenhäusern kannte. Wahrscheinlich ein ganz spezielles Putzmittel, das mit den immer hartnäckiger werdenden Keimen in den Kliniken fertig werden sollte. Frau Holbach wusste da sicher besser Bescheid.

»Wann wird denn eigentlich hier geputzt?«

Der Mann überlegte. »Morgens, jeden Morgen.«

»Kennen Sie Frau Holbach, Lydia Holbach?«

»Ja«, er nickte. »So groß ist unser Haus ja nicht. Die Lydia arbeitet schon seit vielen Jahren hier.«

»Morgens?«

»Morgens, und auch zu anderen Tageszeiten.«

»Ich dachte, es wird nur morgens sauber gemacht?«

»Ja, aber sie ist in der ZSVA. Lydia ist die Leiterin.«

»Was ist das, die ZSV ...«

»Die Zentrale Sterilgutversorgungsabteilung desinfiziert alles aus dem OP, die Bestecke und die OP-Tische.«

Wieder im Auto ließ sich Grabbe vom Präsidium die Adresse von Konrad Holbach geben. Es überraschte ihn nicht, als er erfuhr, dass die Wohnung der Holbachs ganz in der Nähe der Klinik lag. Der Standort befand sich im schraffierten Bereich seiner Karte. War Gerhard Roth gar nicht zum Krankenhaus gefahren, sondern hatte womöglich die Holbachs besucht? Er wählte die Nummer von Konrad Holbach. Es meldete sich der Anrufbeantworter. Natürlich, heute fand das Glaukosschwimmen statt. Auch Walde war nicht auf seinem Handy zu erreichen. Grabbe verließ erneut den Wagen und ging zur Klinik zurück.

*

Inmitten der tropfnassen Teilnehmer gingen Walde und Annika in den Hof des Regattavereins.

»Guck mal!« Annika zeigte auf das Graffito am Tor.

An den Ständen und Tischen hatten sich Begleiter und Besucher vornehmlich in den Bereichen der wärmenden Gasstrahler und offenen Feuer eingefunden. Die meisten Akteure zogen bald zielstrebig in Richtung der Garderoben und Duschen weiter. Nur einige Wackere wärmten sich gleich an einem heißen Glühwein. Dabei handelte es sich, mit Ausnahme der Dame im geringelten Stricktrikot, nur um Taucher in ihren Anzügen.

»Was für einen Tee möchtest du?« Walde studierte die Getränketafel. »Oder lieber eine heiße Schokolade?«

Neben ihm wurden überwiegend Pötte mit Punsch und Glühwein bestellt.

»Schoko!«, rief Annika.

»Bist du sicher?«, fragte Walde.

»Ja, Schoko.«

Während Walde auf seine Bestellung wartete, sah er zu Holbach hinüber, der ein weiteres Interview gab und dabei einen Arm um die tapfer neben ihm im geringelten Badeanzug ausharrende Nixe gelegt hatte. Erst jetzt wurde Walde bewusst, dass es sich um Holbachs Frau handelte. Die Schwerkraft wirkte auf die nasse Wolle und sorgte hauptsächlich im Bereich ihres Dekolletés für immer gewaltigere Einblicke.

Nun wurde Glaukos' Begleiterin das Mikrofon hingehalten. War es die Kälte oder die Wirkung des Punsches, an dem sie sich wahrscheinlich die gefühllosen Lippen verbrannt hatte? Sie schien offensichtlich Schwierigkeiten mit dem Sprechen zu haben und verschwand gleich darauf in Richtung Umkleidekabinen.

Als Walde die heiße Schokolade und den Glühwein entgegennahm, schob sich ein Mann in Tauchermontur an den Stand. Das Licht im Elchgeweih war erloschen.

»Wie bist du denn so schnell hierher gekommen?« Der Mann beugte sich zu Annika hinunter. »Bist du mit dem Boot gefahren?«

»Gereitet!« Annika pustete in ihr Getränk.

»Auf einem Pferd?«

Sie antwortete nicht, weil sie kaum mehr die heiße Tasse halten konnte. Walde nahm sie ihr ab. »War es anstrengend?«, fragte er den Mann.

»Überhaupt nicht«, sagte der Taucher. »Die Luft im Anzug hat mich an der Oberfläche gehalten. Ich habe mich praktisch nur treiben lassen.«

Die Haare des Mannes schienen tatsächlich noch trocken zu sein.

»Guck mal!« Annika wies zu Holbach. Er hatte eine Wurst auf seinen Dreizack gespießt und wartete, bis die Kameras in Position waren, bevor er so kräftig hineinbiss, dass das Fett spritzte.

*

»Ist noch jemand von der Verwaltung im Haus zu erreichen?«, fragte Grabbe den Mann an der Pforte der Magdalenen-Klinik.

»Um diese Zeit?«

»Und ein Arzt? Einer, der auch was mit dem OP zu tun hat.«

»Drüben, in der Notaufnahme.« Der Pförtner zeigte auf den Flur gegenüber. »Ich kann Sie anmelden. Wie war noch mal der Name?«

»Grabbe, Kriminaloberkommissar.«

Während er mit der Schulter gegen einen Flügel der Schwingtür drückte, rief sich Grabbe schnell seine bewährten Ersatzstoffe für Blut ins Gedächtnis. Womöglich begegnete er einem Tölpel, der sich beim samstäglichen amateurhaften Holzfällen die Kettensäge ins Bein gerammt hatte.

Den Saft von Rote Beete oder den Ketchup brauchte er

nicht zu bemühen. In den Schalensitzen hockten zwei Männer mittleren Alters in entspannter Haltung. Beide trugen beige Kappen. Der eine hatte einen Vollbart, der andere war glatt rasiert. Seine Haare waren im Nacken zu einem kurzen Zopf zusammengebunden. Beide grinsten verlegen, als Grabbe ihnen gegenüber Platz nahm. Ganz in der Nähe piepste es. Grabbe konnte den Ton nicht lokalisieren.

»Ich bin gebissen worden«, hörte er einen der Männer sagen.

Als er aufblickte, schaute ihn der Vollbärtige an. »Hier.« Er zeigte auf sein Bein, wo sich tatsächlich ein langer Riss in der Hose befand.

»Was ist mit dem Halter?«, reagierte Grabbe reflexartig im Polizeijargon.

»Der ist ein Arschloch.«

»Vorsicht!«, rief der andere. »Sonst donnert dir das Herrchen noch eine rein!«

Beide lachten. Sie schienen betrunken zu sein.

Die Tür zum Behandlungszimmer öffnete sich. Eine Schwester schaute zu den Wartenden. Grabbe stand auf.

»Wir waren vorher da!«, empörte sich einer der Männer.

»Ich hab' einen Termin.« Grabbe ging zur Tür. Er hatte erwartet, dass dort jemand behandelt worden war, aber niemand kam heraus.

»Das kann ja jeder sagen«, wurde hinter ihm gemosert.

»Dauert nicht lange.« In der Tür blickte Grabbe zurück. Die beiden waren schicksalsergeben sitzen geblieben.

Grabbe schaute sich nach einer alternativen Sitzgelegenheit zu der mit einem dünnen weißen Papiertuch überzogenen Liege um. Die Sprechstundenhilfe hatte an einem der beiden Rechner Platz genommen. Eine Frau in blauem Arbeitskittel über einer weißen Hose fragte: »Was können wir für Sie tun?«

Grabbe suchte nach seinem Ausweis. »Mir geht es gut. Ich habe nur eine Frage.« Ärzte machten ihn nervös. Wie anders hätte er es sich erklären könnten, dass er nicht gleich den Ausweis fand, den er vorhin an der Pforte noch umgehend zur Hand gehabt hatte. Wie sich nun nach entschieden zu langen Sekunden hektischen Tastens herausstellte, befand er sich in derselben Tasche wie vorhin. Die Ärztin schien sich nicht für das Kärtchen zu interessieren. Sie sah ihn aus sehr müde wirkenden Augen an. Wer weiß, wie viele Stunden sie schon im Dienst war, überlegte Grabbe. Sie funktionierte wohl nur noch und würde ihn, so gut es ging, versorgen, so wie die anderen davor auch, und anschließend die beiden besoffenen Typen ebenfalls, die draußen warteten.

Grabbe kam sich auf einmal ziemlich fehl am Platze vor. »Entschuldigen Sie, aber es ist, soviel ich weiß, sonst niemand im Haus, der mir weiterhelfen könnte.«

Die Frau schaute ihn weiter mit unbewegter Miene an.

»Ich möchte wissen, natürlich rein dienstlich, ob das Medikament Diazepam in Ihrem Haus Anwendung findet, zum Beispiel im Zusammenhang mit Operationen.«

»Brauchen Sie es?«

»Nein, wie meinen Sie das?« Für Grabbe hatte es geklungen, als wäre sie unter Umständen bereit, ihm Diazepam zu verschreiben.

»Warum fragen Sie dann?«

»Es geht um eine Ermittlung.«

»Haben Sie es gefunden und wollen es zurückgeben?«

»Nein, ist denn Diazepam gestohlen worden?«, fragte Grabbe.

»Was weiß denn ich?« Die Ärztin nahm ihre Brille ab und steckte sie in die Brusttasche ihres Kittels. Diese Frau musste wirklich schon seit vielen, vielen Stunden Dienst haben, dachte Grabbe seufzend.

Zuerst wollte er nur raus aus der Klinik, aber an der Pforte besann er sich. Aus dem Verschlag klang getragene Filmmusik. Bevor er an die Scheibe klopfen konnte, schaute der Pförtner zu ihm hoch.

»Die August-Antz-Straße«, Grabbe sah zur Sicherheit noch mal auf seinen Zettel, auf dem er Holbachs Adresse notiert hatte. »Wissen Sie, wo die ist?«

»Zurück zur Bahnunterführung, direkt dahinter ist die August-Antz-Straße.« Diesmal deutete der Pförtner genau in die entgegengesetzte Richtung als vorhin zur Notaufnahme.

*

»Noch mal das Gleiche mit einem tritonischen Extraschuss.« Holbach stellte nebenan geräuschvoll seinen Becher auf der Theke ab. Er hatte sich noch nicht umgezogen.

»Und, kannst du schon schwimmen?« Holbach ging vor Annika in die Hocke, die etwas näher an ihren Vater heranrückte.

»Ich war nicht da!«

»Sie hat den Schwimmkurs im Kindergarten versäumt«, übersetzte Walde.

»Dein Vater kann dir sicher auch Schwimmen beibringen. Möchtest du den mal halten?« Holbach hielt Annika seinen Dreizack hin.

Sie griff vorsichtig danach, als könne sie sich daran verbrennen. Schließlich hielt sie den Dreizack mit beiden Händen und schaute sich strahlend um.

Eine Frau in einem Steppmantel war an Holbachs Seite aufgetaucht. »Ich fahre nach Hause.«

Walde war der Ehefrau des Glaukosdarstellers dankbar, dass sie das Stricktrikot gegen den Mantel eingetauscht hatte.

»Bleib doch noch ein bisschen«, bat ihr Mann.

»Ich bin total durchgefroren. Die Duschen sind kalt, das warme Wasser ist bis auf den letzten Tropfen verbraucht«, sagte sie und trippelte mit den Füßen. »Es wäre gut, wenn du dich auch bald umziehen würdest.« Sie küsste ihren Mann flüchtig auf die Wange und ging los.

»Nimm dir was von dem Glühwein mit!«, rief er ihr nach.

»Ich hab' noch Punsch zu Hause.« Sie drehte sich um und zwinkerte. »Aber ich kann nicht versprechen, ob nachher noch was davon übrig ist.«

Walde wandte sich an Holbach: »Wissen Sie, wo ich Jacco Hoek finden kann?«

Holbach pustete in seine dampfende Tasse. »Die Ehrung wurde aus aktuellem Anlass abgesagt.« Aus Glaukos' Hülle sprach der sachliche Pressesprecher Konrad Holbach.

»Wissen Sie denn, wo Herr Hoek ist?«, fragte Walde und beobachtete seine Tochter, die vorsichtig mit der Fingerkuppe die Zacken des Spießes untersuchte.

»Keine Ahnung, ob er sich hier aufhält.« Holbach schaute sich um. »Ehrlich gesagt, weiß ich nicht einmal genau, wie er aussieht, wir haben bisher immer nur telefoniert.«

Als Walde das Telefon aus seiner Jackentasche zog, fiel sein Blick auf seinen leeren Becher auf der Theke. Über dem Schriftzug des *Tauchclub Mosel* war eine Figur mit langem Bart und Dreizack abgebildet.

»Hallo, Herr Hoek, hier ist Kommissar Bock von der Polizei.«

»…«

»Wo sind Sie?«

»…«

»Da bin ich auch.« Während er sich umschaute, stellte Walde sich auf die Zehenspitzen und streckte seinen rechten Arm in die Höhe.

*

Durch die vom Pförtner beschriebene Bahnunterführung war Grabbe zur Klinik gekommen, aber als er dahin zurückfuhr, zeigte sich, dass sie als Einbahnstraße nur in eine Richtung passierbar war. Er musste lange über die dunkle und holprige Straße am Bahndamm entlangfahren, bis er endlich eine weitere Unterführung fand. Dahinter hielt er sich wieder nach links, doch nach hundert Metern war schon wieder die Durchfahrt verboten, und Grabbe musste nach rechts ausweichen. Er hatte Hunger und Durst, und eigentlich wollte er um diese Zeit längst zum Abendessen zu Hause sein.

Auf dem Straßenschild waren nur die ersten drei Buchstaben ‚AUG' zu lesen, der Rest war mit dem Hinweis ‚200 Jahre' überklebt. Hier fand wohl irgendwo eine Party mit zwei Hundertjährigen oder vier Leuten statt, die fünfzig wurden. Während er weitere mathematische Varianten ersann, hielt er nach Hausnummern Ausschau. Endlich brannte mal eine Außenbeleuchtung, und er konnte an der Nummer erkennen, dass es nur noch wenige Häuser bis zu den Holbachs waren.

Als Grabbe neben dem japanischen Kleinwagen einparkte, schaltete sich eine an einen Bewegungsmelder gekoppelte Lampe ein. Grabbe hatte zu Hause anrufen und es auch noch einmal auf Waldes Handy versuchen wollen, aber nun ging er direkt zu dem von dicken Buchskugeln gesäumten Eingangsbereich. Es gab nur eine Klingel, unter der eine getöpferte Scheibe hing, auf der die Namen Lydia und Konrad Holbach zu lesen waren.

Frau Holbach öffnete ihm. Sie trug eine Fleeceweste über einem Hausanzug aus frotteeähnlichem Stoff. Ihre Haare schienen nass zu sein.

»Ich weiß nicht, ob Sie sich an mich erinnern können?« Grabbe ärgerte sich über seine eigene Umständlichkeit. »Mein Name ist Grabbe von der Kriminalpolizei.«

»Ja?« Die Frau stand formatfüllend in der Tür.
»Ich hätte noch eine Frage.«
»Mein Mann ist nicht da.«
»Ich möchte auch mit Ihnen sprechen.«
»Mit mir?« Bei diesen Worten trat sie zurück und ließ Grabbe eintreten.

*

Walde hielt weiter den Arm in die Höhe, während er sich im Innenhof umsah. Der Mann, der schließlich auf ihn zusteuerte, wirkte viel kleiner, als Walde von den Zeitungsfotos her erwartet hatte.
»Herr Holbach?«
»Das ist Herr Holbach«, Walde wies auf den Glaukosdarsteller, der grüßend eine Hand hob. »Mein Name ist Bock von der Trierer Polizei.«
»Wie das Tier?« Der Mann lächelte.
»Genau!«, antwortete Walde.
»Und die süße Kleine?«
»Das ist meine Tochter.«
Er hielt ihr sein Glas hin. »Prost.«
»Prost!« Annika stieß so heftig mit ihrer Tasse an, dass Bier aus dem Glas schwappte.
»Hey! Nicht so stürmisch!« Hoek hielt sein Getränk in die Höhe und schien im Licht der Scheinwerfer zu prüfen,

ob das Glas gesprungen war. Dann nahm er einen großen Schluck. »Wäre schade gewesen um das gute Bier. Da freue ich mich immer besonders drauf, wenn ich nach Deutschland komme.«

»Sie sprechen sehr gut deutsch«, sagte Walde.

»Ich bin ein paar Jahre in Aachen zur Schule gegangen, meine Mutter ist Deutsche. Wir haben in Vaals gewohnt, mein Vater war da beim Zoll, bevor er nach Rotterdam versetzt wurde. Da bin ich dann auch zu der Reddings Brigade gekommen.«

»So was wie bei uns die DLRG«, erklärte Konrad Holbach.

»Wir sind dann später nach Eindhoven gezogen, aber ich war in den Sommerferien immer am Meer, habe auf den Strand aufgepasst, heute nennt man so was Baywatch.« Als er wieder sein Glas ansetzen wollte, rempelte ihn jemand an, der zum Stand drängte. Hoek lief etwas Bier über das Kinn. Er wischte es mit dem Ärmel seiner Jacke weg und wedelte mit den Fingerspitzen weitere Tropfen von seinem Revers.

»Haben Sie damals auch jemanden gerettet?«, fragte Walde.

»Bei der Redding nicht, aber später habe ich als Koch gearbeitet in einem Strandcafé bei Domburg. Da ist ein Junge beim Angeln vom Steg gerutscht. Eine Welle hat ihn mitgerissen. Nicht weit, aber weit genug, um Hilfe zu brauchen.« Diesmal schaute Hoek sich um, bevor er sein Glas austrank.

»Und?«, fragte Walde.

»Aus der Sache wurde keine große Geschichte gemacht.« Er zögerte. »Nicht so wie hier.« Er deutete hinaus auf das dunkle Wasser des Flusses. »Die vom *Dagblad* und vom *Tele-*

graaf haben da irgendwie Wind von gekriegt. Dann kamen andere Zeitungen, das Radio und das Lokalfernsehen … wenn ich nicht die Tour nach Spanien gehabt hätte, wäre ich womöglich noch im landesweiten Fernsehen gelandet. Total verrückt. Ein Holländer rettet einen holländischen Jungen, niemand interessiert es. Der gleiche Kerl rettet zwanzig Jahre später eine schöne, junge deutsche Frau und er wird zum Helden erklärt.« Hoek tippte sich an die Stirn.

*

Das Knacken, das Grabbe schon in der Diele gehört hatte, kam von einem Kaminofen, in dem kleine Scheite knisterten. Lydia Holbach wies auf einen Sessel und legte größere Holzstücke nach, während Grabbe in dem schon recht warmen Raum seine Jacke auszog und über die Lehne eines zweiten Sessels hängte.

Auf dem Sofa war eine Decke zurückgeschlagen, unter der es sich Frau Holbach vorhin wohl bequem gemacht hatte. Auf dem Tisch stand eine Tasse neben einer bauchigen Teekanne.

»Das wird mir mein Rücken so schnell nicht verzeihen.« Frau Holbach richtete sich ächzend auf und fasste sich mit beiden Händen an den Rücken. »Darf ich Ihnen einen Punsch anbieten?«

»Ich muss noch fahren«, antwortete Grabbe.

»Es ist hauptsächlich heißer Tee mit nur einem Spritzer Rum. Genau das Richtige für so ein Wetter wie heute.«

Frau Holbach legte weitere Scheite in den Ofen, obwohl es im Raum bereits sehr warm geworden war. Oder lag es nicht nur an dem Kaminofen, hinter dessen Scheibe ein heimelig anmutendes Feuer loderte? War doch mehr Rum in dem Getränk, als sie behauptet hatte? Grabbe öffnete die Knöpfe seines Hemdes über den Handgelenken und schob die Ärmel zusammen mit denen seines Pullis bis zum Ellenbogen. Überall lagen Kissen, auf dem zweiten Sofa waren dazwischen noch zwei Stofftiere drapiert.

Lydia Holbach erzählte vom Glaukosschwimmen, wie wunderbar es in der Mosel gewesen war, nachdem sie sich warm geschwommen hatte. Mit ihrem selbst gestrickten Outfit hatte sie sich wahrscheinlich einen Bärendienst erwiesen, weil sie immer noch friere und ihr die Kälte bis in die Knochen gedrungen sei. Bis zuletzt habe ihr Mann zu einem Neoprenanzug geraten, zu Recht, wie sie inzwischen einsah.

Grabbe ließ sich eine weitere Tasse einschenken.

Er fand es nicht ungeschickt, die Frau zunächst reden zu lassen, um eine gute Atmosphäre zu schaffen für die Fragen, die er ihr stellen wollte. Aber erstmal musste er dringend zur Toilette.

Im Bad fand er eine Menge Kosmetika vor. Im Becher steckten zwei Zahnbürsten. Er hatte gehofft, einen Blick in das Medikamentenschränkchen werfen zu können, aber hier gab es keins.

Als er ins Wohnzimmer zurückkam, lief Musik, irgendwas Ruhiges, das zum Kaminfeuer und dem Tee passte.

Wieder piepste etwas. Es klang wie eben im Krankenhaus. Grabbe tastete die Taschen seiner Jacke ab. In der Brusttasche steckte etwas. Er fand sein verloren geglaubtes Handy. Er fragte sich, wie es da hingekommen sein konnte.

»Ich glaube, es kann noch etwas dauern, bis Konrad nach Hause kommt«, sagte Frau Holbach, während sie Grabbe eine Schale mit Kandiszucker hinhielt. »Darf ich fragen, weswegen Sie gekommen sind? Ausgerechnet heute?« Ein vorwurfsvoller Unterton war nicht zu überhören.

»Es geht noch mal um Gerhard Roth«, sagte Grabbe.

»Gerhard Roth … das ist doch dieser Querulant.« Sie hob die Stimme. »Der hat meinem Mann gesagt, der Frau, die da mit ihrem Auto in die Mosel gefahren war, sei wahrscheinlich sowieso nicht mehr zu helfen gewesen. Nach seiner Einschätzung hätte sie durch den Sauerstoffmangel nur noch als Pflegefall überleben können.«

»Hat Ihnen das Ihr Mann erzählt?« Grabbe versuchte schon eine Weile, ein Klümpchen braunen Zucker in seiner Tasse aufzurühren. Der Punsch schmeckte ihm besser als erwartet. Sicher kann sie auch gut kochen, dachte er.

»Nein, das habe ich mit eigenen Ohren gehört. Konrad hatte das Telefon auf Lautsprecher gestellt, als dieser Roth anrief.«

»Wann war das?«

»Vor ein paar Tagen, den genauen Wochentag weiß ich nicht mehr.«

»Könnte es Montag gewesen sein?«

»Möglich.«

»Müsste es eigentlich, denn Dienstag hat er nicht mehr gelebt, und von seinem Handy hat er Sie nicht angerufen.«

Grabbe schaute von seiner Tasse auf. Frau Holbach hatte auf einmal eine sehr aufrechte Haltung eingenommen. »Es ist für uns nun wirklich kein Problem, Ihr Telefon auf eingehende Anrufe zu überprüfen.«

»Es kann auch sein, dass er hier war«, sagte sie leise.

»Was denn nun?«, setzte er so energisch nach wie er konnte.

»Ja, er war am Montag hier, aber Konrad war nicht da.« Sie klang ein wenig wie ein beleidigtes Mädchen.

»Er war zur Versammlung des *TCM*?«

»Genau.«

»Und dann?«

»Nichts dann.« Sie rückte ihre Tasse zur Seite und rieb über den feuchten Ring, den diese auf dem Holz hinterlassen hatte. Ihre Stimme fand ihre Festigkeit wieder. »Er hat mir das erzählt, was ich Ihnen eben gesagt habe.«

»Warum haben Sie angegeben, im Krankenhaus sauber zu machen?«

»Im Grunde genommen mache ich das auch.«

Grabbe griff nach seiner Jacke und zog seinen Block heraus. »Sie sind immerhin Leiterin der …« Er schlug die Seiten auf.

»ZSVA«, ergänzte sie. »Was glauben Sie, was für blöde Kommentare man sich anhören muss, wenn man den Leuten erzählt, dass man mit Sterilisierung zu tun hat.«

»Für mich hat sich das eher so dargestellt, dass Sie dadurch versucht haben, uns zu verheimlichen, Zugang zu Medikamenten im Bereich der Operationssäle zu haben.«

»Dann hat es sich für Sie halt so dargestellt.« Sie zuckte mit den Schultern.

»Und später ist Ihr Mann gekommen.«

»Nein«, konterte sie schnell.

»Warum betonen Sie das so?« Grabbe witterte eine Chance.

Lydia Holbach ließ sich wieder in das Polster zurücksinken. »Als dieser Roth hierher kam, hatte er wohl vorher schon was geschluckt, aber das habe ich erst später gemerkt. Ich kannte den Typen, diesen Roth, ja nicht. Der hat sich mächtig aufgeregt, er wollte unbedingt auf meinen Mann warten. Der wollte einfach nicht mehr gehen und ist zudem noch laut geworden. Da dachte ich, bevor das eskaliert, mische ich ihm etwas zur Beruhigung in den Wein. Ich habe ja nicht ahnen können ...«

»Um was hat es sich genau gehandelt?«

»Weiß ich nicht, Valium oder Diazepam.«

Das Wort Diazepam ließ bei Grabbe sämtliche Alarmglocken läuten. So ruhig er konnte, fragte er: »Wie viel haben Sie ihm gegeben?«

»Ein großes Glas Wein. Ich habe nicht damit gerechnet, dass er das überhaupt ganz trinkt.« Sie hob ihre Tasse und stellte sie ohne zu trinken wieder ab.

»Und wie viel von dem Medikament war darin?« Grabbe schaute zum Fenster. Die Rollläden waren heruntergelassen.

»Ein Fläschchen mit 20 ml oder so.«

»Erschien Ihnen die Dosis nicht zu hoch?«

»Nein, bei einem Erwachsenen ist das okay. Ich kenn' mich ein wenig mit dem Zeug aus. Wenn man es bei der Einnahme verdünnt, ist die Wirkung geringer.«

»Aber Sie haben es mit Alkohol verdünnt!« Grabbe konnte es nicht fassen. Verhörtechnik gehörte nicht unbedingt zu seinen Stärken, aber nun war er im Begriff, einen Coup zu landen. Er fingerte nach dem obersten Knopf seines Hemdes, aber er war schon offen. Sie hatte doch nichts in den Punsch gemischt?

»Ja, das habe ich wohl nicht bedacht. Ich habe nur gehofft, dass der Tanningeschmack des Weins den des Medikaments überlagert.«

Ein Schweißtropfen perlte von Grabbes Stirn auf die Brille. Er beobachtete, wie Lydia Holbach sich aus der bauchigen Teekanne nachschenkte. Aus dem gleichen Gefäß stammte auch sein Punsch.

*

»Papa, mir ist kalt.« Annika zupfte an Waldes Jacke.

»Möchtest du einen Tee oder noch eine Schokolade?« Er strich ihr über die Mütze und ließ seine Hand in ihrem Nacken liegen.

Auf dem Fluss tuckerte ein Schiff vorbei. Walde hob seine Tochter hoch und zeigte durch das Tor auf das erleuchtete Führerhaus, über dem sich langsam ein Radar drehte. Sie hielt immer noch den Dreizack in der Hand.

»Was hatten Sie hier in Trier zu tun, als die Frau mit ihrem Wagen in die Mosel fuhr?«

»Ich habe eine Klasse chauffiert. Ich bin oft in Trier und wohne dann meistens in der Jugendherberge hier am Moselufer.« Hoek drehte sich um und zeigte hoch zur angestrahlten Mariensäule auf dem Markusberg. »Die Aussicht von der Mariensäule auf die Stadt ist wirklich fantastisch.«

»Und dann waren Sie, wie die Zeitung schrieb, der richtige Mann am richtigen Ort.«

Annika klopfte mit dem Stiel des Dreizacks auf die Theke.

»Kann ich den wieder haben?«, bat Holbach, der unruhig geworden war. »Ich glaube, so langsam sollte ich mich besser umziehen.«

»Eigentlich waren wir nur Lebensverlängerer«, sagte er.

»Was heißt wir?« Walde blickte Holbach nach, der, seinen Dreizack mit den Spitzen nach unten haltend, in Richtung der Umkleideräume verschwand.

»Ja, der andere Mann und ich.«

»Bei uns hieß es in der Presse, sie wären der einzige Retter gewesen. Ansonsten habe es nur noch einen Schaulustigen gegeben.«

»Das stimmt nicht. Ich habe die Frau zwar aus dem Wagen rausgeholt, aber danach wäre sie ertrunken, wenn der Mann nicht gewesen wäre. Ich hatte nicht mehr die Kraft, sie ans Ufer zu ziehen. Ich war froh, mich selbst zu retten.«

»Dieser zweite Mann …?«

»Das sah zwar nicht sehr professionell aus, was er gemacht hat, aber er hat die Frau rausgeschleppt.«

»Warum haben Sie das nicht klargestellt, als es in den Zeitungen stand?«

»Davon höre ich jetzt zum ersten Mal. Ich habe keine deutsche Zeitung gelesen. Am nächsten Tag war die Klassenfahrt zu Ende. Und bei uns dachte ich, dass es der holländischen Presse nur um mich ging, weil ich ein Landsmann bin.«

Walde reichte ihm ein Foto. »Erkennen Sie den Mann wieder?«

Jacco Hoek legte einen Finger über das Gesicht. »Das kann er gewesen sein. Ich habe ihn nur kurz und mit nassem Haar gesehen. Er ist dann gleich weiter auf seinem Rad, als die Leute sich um die Frau gekümmert haben. Ihm war sicher kalt, vielleicht hat er ganz in der Nähe gewohnt.«

»Und Sie?«

»Mir war auch kalt.«

»Aber Sie sind geblieben?«

»Die wollten mich auch ins Krankenhaus bringen, aber das war nicht nötig. Eine heiße Dusche und zwei Schnaps haben mich wieder warm gemacht.«

*

Grabbe atmete tief durch und fing sich wieder.

»Und dann?«, fragte er.

»Er hat ein Glas Wein getrunken.« Frau Holbach nippte an ihrer Tasse. »Er hat das ganze Glas getrunken.«

»Ich meine, wie hat Herr Roth auf die Mittel, die Sie ihm gegeben haben, reagiert?«

»Er wurde ruhiger, und ich habe auch gemerkt, dass er eigentlich nur gekommen war, um eine Entschuldigung von meinem Mann zu hören.«

»Und dann ....?« Grabbe konnte es immer noch nicht fassen, was die Frau ihm da erzählte, ohne dass er konkrete Beweise oder sonst etwas gegen sie in der Hand hatte.

»Dann ist er zusammengesackt.« Sie seufzte. »Das kam ganz überraschend ... er ist ganz blau angelaufen ...«

»Überdosierung kann zu Atemlähmung führen«, sagte Grabbe vor sich hin.

»Ich konnte doch keinen Notarzt rufen ... nicht nachdem, was geschehen war. Ich habe ihn in stabile Seitenlage gebracht ...« Sie begann zu weinen.

Grabbe wartete. »Und was haben Sie dann gemacht?«

»Er war ohnmächtig, eigentlich komatös. Es ging ganz schnell. Ich hab' in seine Taschen gesehen und das Valium gefunden. Davon muss er schon vorher einiges intus gehabt haben.«

»Und dann?«

»Habe ich ihn runter ins Auto gebracht.«

»Sie allein?«

»Der war doch nur Haut und Knochen ... Ich hab ihn in sein Auto gelegt, in den Kofferraum. Eigentlich wollte ich das Auto nur woanders hinbringen. Zum Krankenhaus auf den Parkplatz ... Ich bin einfach losgefahren, nur weg von hier, und dann, als ich auf die Autobahn kam, bin ich gleich wieder runter. Ich musste ja auch wieder nach Hause kommen ... Und dann bin ich durch die Kiesgruben runter zur Mosel. Den Rest kennen Sie ...«

»Den möchte ich dennoch gerne von Ihnen hören.« Grabbe hatte das Gefühl, sein Blickfeld wäre eingeschränkt. Es kam ihm vor, als würde er am Rand unscharf sehen.

»Ich habe das Auto unter der Brücke abgestellt.«

»Und wie kamen Sie nach Hause?«

»Zu Fuß, über die Brücke.«

»Alfred, der Wirt, sagt aus, Sie wären am Montagabend zu ihm in die *Kutsch* gekommen.« Zum zweiten Mal für heute versuchte er sich als Pokerspieler. Sein Gesichtsfeld schien sich weiter zu verengen. Er glaubte, nur noch auf einem Auge scharf sehen zu können. Grabbe nahm seine Brille ab und wischte über die Stelle, wo der Schweißtropfen gelaufen war. »Ihr Mann war am Tatabend bei der Vorstandssitzung des Tauchclubs.«

Lydia Holbach hob die Kanne.

»Für mich nicht mehr.« Grabbes Hand konnte kaum mehr die Tasse halten. Sie fühlte sich an, als würde ein großes Gewicht darauf lasten. Er ließ sie gleich wieder sinken. Mit einem Piepen meldete sich der leer werdende Akku seines auf dem Tisch liegenden Mobiltelefons.

Neben ihm bewegte sich etwas. Grabbe hatte die beiden schneeweißen Katzen für Plüschtiere gehalten, weil sie vollkommen bewegungslos auf der Lehne des zweiten Sofas gelegen hatten. Er schaute in große blaue Augen. Träumte er? Die Tasse glitt ihm aus der Hand.

Er glaubte, sich seufzen zu hören, bevor seine Stirn die Tasse auf dem Tisch zerschlug.

*

»Mir ist kalt«, wiederholte Annika.

»Wir gehen, mein Schatz.« Walde erinnerte sich nicht, seine Tochter jemals so genannt zu haben. Während er sich von Jacco Hoek verabschiedete, schaute er sich noch einmal um. Holbach ließ sich immer noch nicht blicken.

Zuhause wollte Annika schon nach einer halben Scheibe Brot nicht mehr weiteressen. Später suchte Walde im Buchregal nach einer Geschichte, die von Tauchern handelte.

»Was machst du?«, fragte Annika von ihrem Bett aus.

»Ich dachte, wir lesen heute mal was mit Wasser, von Leuten, die schnorcheln oder tauchen.«

»Was ist Schnorcheln?«, fragte sie.

»Da steckt man sich so eine Art Schlauch in den Mund, der oben aus dem Wasser rausguckt und durch den man atmen kann, und gleichzeitig kann man durch eine Taucherbrille sehen, was unter Wasser los ist.«

»Tauchen kann ich schon«, sagte Annika. »Nur schwimmen nicht.«

»Ich gehe mal rüber zu mir gucken, ob ich ein Buch mit Bildern vom Tauchen finde.«

Als er mit einem Bildband über die Malediven zurückkam, sagte er: »Wir könnten mal wieder ins Hallenbad gehen, was meinst du?«

Sie gab keine Antwort. Er deckte sie zu und löschte das Licht.

Er wollte sich in der Küche eine Kleinigkeit zu essen machen, aber auf dem Weg dorthin nahm er sein Notizbuch und suchte die Nummer von Konrad Holbach heraus.

»Glaukos höchstpersönlich!« Der Pressesprecher des Tauchclubs versuchte, seiner Stimme einen tieferen Ton zu geben. Laute Gespräche und Gelächter waren im Hintergrund zu hören.

»Bock hier. Ich habe mit Jacco Hoek gesprochen.«

»Ja?« Die Geräusche wurden leiser. Holbach schien sich von den Feiernden zu entfernen.

»Er sagt, es gab einen zweiten Mann, der die Frau aus der Mosel gerettet hat.«

»Davon ist mir nichts bekannt.« Holbachs Stimme hatte einen knappen, sachlichen Ton angenommen.

»Er müsste bis zu dem Moment dabei gewesen sein, als Ihre beiden Kollegen die Versorgung von Edith Hippens übernommen haben.«

»Das ist mir noch nie untergekommen, dass ein wichtiger Zeuge vor Eintreffen der Rettungskräfte verschwunden ist.«

»Woher wollen Sie das wissen?«, sagte Walde. »Wenn niemand mehr da war, können Sie auch nicht wissen, ob jemand weggegangen ist.«

»Ich kann Ihnen jetzt nicht folgen.«

»Ist auch egal, Tatsache ist, dass Sie in der Zeitung behaupten, eine Person sei vor Ort gewesen, die sich nicht an der Rettung beteiligt habe.«

»Das hat die Redakteurin so geschrieben. Dafür kann ich nichts.«

»Wie kommt es, dass diese Aussage als Zitat von Ihnen in wörtliche Rede gesetzt war?«

»Das weiß ich doch nicht. Da müssen Sie bei der Zeitung nachfragen.«

»Das werde ich tun.«

*

Grabbes Gesicht pendelte über einen rauen Teppich. Hin und her. Immer wieder. Er wollte mit einer Hand die Stelle oberhalb seines Ohres befühlen, aber sein Arm ließ sich nicht bewegen. Sicher blutete er. Wieder rutschte sein Kopf weg. Diesmal schlug er gegen ein Hindernis, das einen hohlen Klang von sich gab.

Grabbe schloss seine Augen, öffnete sie wieder. Es blieb dunkel. Sein ganzer Körper kam ins Rutschen. Er spürte keine Berührung. Nichts schob oder stieß ihn an, als würde der Fußboden von Erdstößen bewegt. Ein Brummen war zu hören, mal laut, mal gedämpft, als zöge man ihm einen Ohrenschützer an und aus. Der Rhythmus schien seinem Herzschlag zu folgen. Da leuchtete ein rotes Licht auf. Wieder rutschte er.

War das ein Bremslicht? Ein Klopfen setzte ein. Es schien dem Auf und Ab des Brummens zu folgen. Er versuchte, ein Bein zu strecken. Nur beide zusammen ließen sich bewegen. Seine Schuhe stießen irgendwo an. Sein Atem wurde schneller, und dennoch bekam er zu wenig Luft. Hatte er schon allen Sauerstoff verbraucht? Was war das für eine Kiste, in der er hier steckte? Er spürte den Schweiß auf der Stirn, das Herzrasen. Wann wachte er endlich aus diesem schrecklichen Albtraum auf?

*

Doris lag, in ein Buch vertieft, auf der Couch. Walde sah, dass es nur noch wenige Seiten bis zum Ende waren, was ihm aus Erfahrung signalisierte, sie jetzt besser nicht in ein Gespräch zu verwickeln. Mathilda lag, an Daumen und Zeigefinger nuckelnd, auf ihrer Krabbeldecke. Er küsste Doris auf die Stirn, Mathilda auf den kahlen Kopf und setzte sich neben sie auf den Teppich. Seine Tochter sperrte beim Gähnen ihren zahnlosen Mund auf.

»Möchtest du eine frische Windel haben?«, fragte Walde.

»Hat sie gerade gekriegt«, murmelte Doris.

Mathilda bewegte ihre Ärmchen, als ringe sie damit. Dazu gab sie undefinierbare Laute von sich. Walde nahm sie von der Decke und ließ sich mit ihr nach hinten sinken. Erst verharrte sie in Bauchlage auf seiner Brust, dann hob sie den Kopf und schien sich auf irgendetwas zu konzentrieren. Ein leiser Pupser brachte die Antwort. Ihr Kopf fiel so fest herunter, dass er fürchtete, sie habe sich an der Nase verletzt. Aber Mathilda schien sich nicht wehgetan zu haben. Er legte sie auf die Krabbeldecke, schnappte sich das Buch über die Malediven vom Wohnzimmertisch und machte es sich neben dem Baby bequem. Auf der Doppelseite, die er wahllos aufgeschlagen hatte, schwebten knallgelbe tropische Fische durch wunderbar blau schimmerndes Wasser, von dem Walde vermutete, dass es wunderbar warm war. Mathilda, der er das Buch hinhielt, schien sich nur für ihre Hand zu interessieren, an der sie heftig nuckelte. Walde betrachtete die Bilder von Lagunen und Korallenriffen. Genau richtig für einen trüben Novemberabend, wie er fand. Nebenan klappte Doris mit einem Seufzer das Buch zu.

»War es gut?«, fragte er.

»Naja, nur ein Lokalkrimi.«

»Ich habe mir gerade überlegt, ob ich versuchen soll, Annika Schwimmen beizubringen«, sagte Walde, während er zu einer Seite weiterblätterte, wo vier Haie in die Linse des Fotografen blickten. Ob dieser sich in einem Sicherheitskäfig befunden hatte?, fragte sich Walde.

»Gerade hat jemand für dich angerufen«, sagte Doris.

»Und?« Walde nahm Mathilda von der Decke und legte sie sich an die Schulter.

»Eine junge Frau. Caroline soundso.«

»Ah, Caroline, was wollte sie?«

»Den Namen hast du noch nie erwähnt.«

»War wohl nicht so wichtig.«

»Seit wann arbeitet sie bei euch?«

»Gar nicht …«

»Aha!«

»Hallo? Höre ich da irgendeinen Unterton?«

»Es hat kein junger Mann am Samstagabend nach mir, sondern eine junge Frau hat nach dir gefragt.«

»Okay, was wollte sie?«

»Sie meinte, du sollst sie bitte zurückrufen.«

»Hat sie sonst noch was gesagt?«

»Mir?«

»Wem sonst, was ist denn?«

»Das sollte ich besser dich fragen!«

Sie waren in dieses oft praktizierte Stakkato verfallen, das sie in Bruchteilen von Sekunden ausgestoßene Unüberlegtheiten austauschen ließ. Am liebsten hätte er die Szenerie angehalten, das Band zurückgespult und den Dialog von vorne begonnen. Aber nun hingen die Worte im Raum, und er hätte sie gerne wieder heruntergepflückt.

Er hob die Hand wie ein überforderter Verkehrspolizist, der einem Chaos auf einer Kreuzung Einhalt gebieten muss. »Entschuldige! Ich kann nichts dafür, dass sie angerufen hat … Ich schätze sie so ein, dass sie das sicher nicht getan hat, um sich mit mir heute Abend zu verabreden.« Er ging auf Doris zu. »Ich habe mich auf nichts anderes als auf einen Abend mit dir gefreut.« Er war erleichtert, als sie sich von ihm umarmen ließ.

*

Walde war auf dem Weg zu seinem Volvo, als nebenan auf dem Pflaster ein Wagen bremste. Die herunterfahrende Seitenscheibe ließ einen Schwall Rauch entweichen.

»Das nenne ich Timing!«, war Meyers Stimme zu hören. Die Person neben ihm schien Gabi zu sein. Walde ging um das Auto herum. Er ließ die Tür zum Fond einen Moment offen stehen, bevor er einstieg. Drinnen hatte sich längst noch nicht aller Rauch verzogen. Das lag daran, wie er feststellen musste, dass immer noch geraucht wurde.

»Bist du so freundlich!«, sagte er in energischem Ton.

»Ich habe gerade ganze zwei Stunden im Theater nicht rauchen können.« Gabi warf die Kippe aus dem Fenster. »Ich frage mich, woher diese Dorfpolizistin meine Nummer hat.«

Es stellte sich heraus, dass Caroline auch Sattler mobilisiert hatte. Meyer berichtete, dass dieser im Präsidium damit beschäftigt war, Grabbes Handy zu orten.

»Genauer genommen das seiner Frau«, präzisierte Gabi.

»Caroline hatte ihn zu erreichen versucht«, brachte Meyer Walde auf den neuesten Stand. »Sie war mit ihm heute Nachmittag in Kenn unterwegs. Er wollte anschließend noch allein nach Ehrang. Und nun ist er seit Stunden zu Hause überfällig. Ihr wisst, dass er wenigstens anrufen würde.«

»Bei Walde würde ich mir nicht so viele Gedanken machen«, sagte Gabi. »Aber bei Grabbe ist das wirklich nicht normal.«

»Wo fahren wir hin?« Walde verkniff sich einen Kommentar.

»Zur Magdalenen-Klinik. Da wollte er laut Caroline als Nächstes hin.« Auf der Ausfallstraße Richtung Autobahn drückte Meyer das Gaspedal durch.

Vor der Treppe zum Eingang der Klinik stand ein Streifenwagen. Als sie ausstiegen, verließ Caroline den Wagen. Sie setzte ihre Dienstmütze auf und kam mit energischen Schritten heran. Walde machte sie mit Meyer bekannt.

»Sattler hat vorhin angerufen«, sagte sie. »Grabbe hatte laut seinem Handy heute Abend keine Aktivitäten.«

»Kunststück, das hat er verloren«, sagte Gabi.

»Mit seinem meinte er das seiner Frau«, behielt Caroline ihren sachlichen Ton bei.

»Und was hat er hier in der Klinik gemacht?«, fragte Meyer.

»Er hat mit dem Pförtner gesprochen. Und mit einer Ärztin.« Die Polizistin nahm ihre Mütze ab und klemmte sie sich in die Armbeuge. »Die Ärztin ist unerreichbar im OP bei einer Oberschenkelhalsfraktur. Das kann noch Stunden dauern. Der Pförtner sagt, er habe nach der August-Antz-Straße gefragt.«

»Da wohnt Konrad Holbach«, bemerkte Gabi. »Nichts wie hin! Kennst du dich hier aus?«

»Wir müssen zu einem Einsatz«, antwortete Caroline, »aber es ist nur ein kleiner Umweg.«

Während er dem Streifenwagen hinterherfuhr, sagte Meyer: »Ganz schön tüchtig, das Schneckchen.«

»Was ist denn das für eine Ausdrucksweise?«, entrüstete sich Gabi.

»Das habe ich keineswegs despektierlich gemeint«, entgegnete Meyer.

»Schließen sich bei dir ansonsten Können und gutes Aussehen gegenseitig aus?« Ohne eine Antwort abzuwarten fuhr Gabi fort: »Wie kommt es, dass Sattler sie anruft und nicht uns?«

»Und sie unseren Job in der Klinik macht, und wir Deppen fahren nun brav hinter ihr her?«, fragte Meyer.

Die Fragen waren an ihn gerichtet, aber Walde ließ erst einmal die Scheibe in seiner Wagentür herunter. Der Streifenwagen vor ihnen schaltete Blaulicht ein, als er ein Durchfahrtsverbotsschild vor einer Unterführung passierte. Kaum hundert Meter dahinter wurde der Polizeiwagen langsamer. Aus dem Seitenfenster wurde ein Arm gestreckt.

Meyer steuerte den Wagen in die Einfahrt des Hauses. Walde sah den Kollegen nach, die mit eingeschaltetem Blaulicht davonrasten.

Konrad Holbach öffnete die Tür. Seine Haare waren frisch geföhnt. Er trug einen dunkelblauen Trainingsanzug.

»Dürfen wir Sie kurz sprechen?« Mit diesen Worten ging Gabi an dem überrascht wirkenden Hausherrn vorbei in die Diele.

»Hallo?« Konrad Holbach folgte ihr ins Wohnzimmer. »Sie können hier nicht einfach eindringen!«

In dem knackenden Kaminofen sandte eine schwache Glut winzige Funken nach oben.

»Ist mein Kollege Grabbe hier?«, fragte Walde.

»Nein, wo ist Ihr Durchsuchungsbeschluss?«

»Und Ihre Frau?«, hakte Walde nach.

»Ich muss Sie bitten, das Haus zu verlassen!« Holbach bemühte sich vergeblich, seiner Stimme Nachdruck zu verleihen.

Gabi nahm das Festnetztelefon vom Tisch. Es piepte leise, als sie auf die Tasten drückte. »Warum haben Sie Ihre Frau vor zwanzig Minuten angerufen?«

»Was machen Sie da? Das dürfen Sie nicht!«, entrüstete sich Konrad Holbach.

»Bei Gefahr im Verzug dürfen wir das. Wir suchen unseren Kollegen Grabbe. War er hier?«

»Weiß ich nicht!«

Gabi drückte weiter auf dem Telefon herum und stellte es

auf die Station zurück. »Darf ich mal Ihre Toilette benutzen?« Sie ging zur Tür.

»Zweite Tür links«, murmelte Holbach.

Walde legte beide Hände auf den Wohnzimmertisch. »Wo ist Ihre Frau?«

»Keine Ahnung, vielleicht musste sie noch mal zum Krankenhaus.«

In der Diele ging Gabi neben einer Reihe von Schuhen in die Hocke. Der ockerfarbene Matsch an den Damenstiefeletten war hart. Er stammte weder vom Hof des Regattavereins noch vom Uferweg an der Mosel.

Die Tür zur Küche nebenan war nur angelehnt. Im Abfall unter der Spüle fand sie die Scherben einer Tasse und unter einem Haufen Teebeutel ein Mobiltelefon. Als sie Grabbes Dienstnummer wählte, klingelte es.

Gabi kam zurück und warf ein Handy auf den Wohnzimmertisch. »Wie kommt das Diensthandy meines Kollegen Grabbe in Ihren Abfall?« Sie hielt eine der Stiefeletten in die Höhe. »Und woher stammt dieser Lehm an diesem Schuh?«

Holbach sagte nichts.

Walde stockte der Atem. Das war genau die Farbe der Erde im Moselvorland an der Kenner Brücke.

Sein Handy klingelte. »Wir haben Grabbes Handy geortet«, teilte Sattler mit.

»Das haben wir gerade gefunden«, antwortete Walde.

»Das seiner Frau?«, fragte Sattler.

»Nein, das er gesucht hat. Wo ist das andere?«

»Es scheint sich zwischen Mosel und Ortsrand Kenn zu

befinden.«

Walde sprang auf. »Beeilt euch!«

»Sie steigen hier ein.« Walde dirigierte Konrad Holbach zur hinteren Wagentür. »Gabi fährt!«

Meyer hatte seine Tür noch nicht zugeschlagen, als Gabi schon rückwärts auf die Straße setzte und mit durchdrehenden Rädern durch den Stadtteil zurück in Richtung Moselbrücke raste.

»Fahr' schneller!«, forderte Walde vom Beifahrersitz.

Gabi konnte sich nicht erinnern, jemals von Walde oder einer anderen Person eine solche Aufforderung gehört zu haben. In der Einhundertachtziggradkurve hinter der Moselbrücke lotete sie den Grenzbereich des Wagens aus. Es nutzte nichts, wenn sie hier in die Leitplanke krachten, sie mussten Grabbe zu Hilfe kommen. Hinter der Kurve kreuzte sie einen Zubringer, um gleich auf der abschüssigen Auffahrt zur Autobahn Vollgas geben zu können, bevor es wieder runter auf die Landstraße ging. Über die Holperstrecke an den Kiesgruben kurvte Gabi im Rallyestil. Sie krallte sich ans Lenkrad. Alle anderen versuchten sich so gut wie möglich auf ihren Sitzen zu halten. Durch das Röhren des Motors hörten sie, wie der Schlamm aus den Pfützen gegen die Karosserie spritzte. Über ihnen war die Brücke zu erkennen. Es war nicht mehr weit bis zum Ende des Wegs. In der letzten Kurve brach das Heck des Wagens aus. Obwohl das Auto sehr schnell war, trat Gabi aufs Gaspedal, um den Wagen wieder in die Spur zu bringen. Unter der Brücke verlangsamte sie das Tempo.

Ein unbeleuchtetes Auto stand auf dem abschüssigen Hang zur Mosel. Gabi brachte den Wagen zum Stehen.

Noch während Walde seine Wagentür aufriss, sah er eine Gestalt, die vor dem Wagen eine Fackel anzündete. Die gleichen Fackeln hatten die Teilnehmer des Glaukosschwimmen mitgeführt. Nach ein paar Schritten nahm er den Geruch von Benzin wahr. Walde blieb stehen und hob die Hand, um seine Kollegen hinter ihm zurückzuhalten. Es war Grabbes Auto, das da vorn mit Benzin übergossen stand.

»Frau Holbach … bitte warten Sie!« Ein falsches Wort und es war vorbei. »Ihr Mann ist auch hier, er möchte mit Ihnen sprechen.«

Lydia Holbach hielt die Fackel in die Höhe. Sie drehte sich zu Walde um. Dabei schwankte sie, als wäre sie betrunken.

»Herr Holbach?«, raunte Walde.

»Schatz, mach' keinen Scheiß!« Die Worte von Konrad Holbach erschienen Walde wenig hilfreich.

»Den Scheiß hast du fabriziert!«, rief Lydia Holbach mit belegter Stimme.

Walde beobachtete, wie sich etwas in den Hecken neben dem Wagen bewegte, in dessen Kofferraum sich wahrscheinlich Grabbe in höchster Lebensgefahr befand.

»Schatz, wir stehen das gemeinsam durch!«, rief Konrad Holbach.

»Was gibt es da noch durchzustehen?«, klagte sie.

»Wir finden eine Lösung«, versuchte es ihr Mann.

Walde hielt die Luft an. Eine geduckte Gestalt näherte sich von der Moselseite und huschte am Gebüsch entlang zum Wagen. Lydia Holbach hatte ihr den Rücken zugewandt.

»Ich kann nicht mehr«, Lydia Holbach torkelte nach hinten in Richtung des Wagens. Der Arm mit der Fackel sank nach unten.

Hinter ihr knackte es. Wahrscheinlich war die sich anschleichende Person auf trockene Pflanzenstängel getreten.

»Kommen Sie bitte!«, rief Walde, um das Geräusch zu übertönen.

Die Fackel in der Hand von Lydia Holbach senkte sich weiter Richtung Boden. Gleich würde sie auf die benzingetränkte Wiese fallen.

Die Gestalt kam hinter dem Wagen hervor. Es war Gabi, die auf die taumelnde Lydia Holbach zuschoss, ihr die Fackel entriss und sie im hohen Bogen zur Mosel schleuderte, wo sie zischend erlosch.

Walde lief zu dem Wagen. Seine Schuhe und die Schöße seiner Hose färbten sich dunkel vom Benzin. Im Wageninneren schien niemand zu sein. Eine Taschenlampe wagte er nicht zu benutzen. Der kleinste Funken konnte eine Explosion der Benzindämpfe auslösen. Bevor er den Knopf des Kofferraumdeckels drückte, atmete er tief durch. Drinnen lag Grabbe, zusammengekrümmt. Er zeigte keine Reaktion, als Walde ihn ansprach.

Meyer half ihm, den gefesselten Kollegen aus dem Wagen zu heben und in sicherer Entfernung abzulegen. Walde schob seinem bewusstlosen Kollegen seine Jacke unter den Kopf und befreite ihn von den Fesseln aus Panzertape, während Meyer den Puls fühlte.

»Er lebt.« Meyer brachte Grabbes Körper in Seitenlage.

Der Notarzt traf kurz vor der Feuerwehr und dem ersten Streifenwagen ein.

Nach einer Untersuchung im Krankenwagen wurde der

immer noch bewusstlose Grabbe mit Sauerstoff und Infusionen versorgt und abtransportiert.

Wie Gabi feststellte, war auch die Kleidung von Lydia Holbach mit Benzin getränkt. Nicht nur Grabbe sollte sterben, sie hatte sich auch selbst für den Flammentod entschieden. Erst als sie Ersatzkleidung bekam, konnte sie im Streifenwagen weggebracht werden.

Sonntag

Walde, Gabi und Meyer hatten die letzten Stunden im Büro verbracht, ohne dass ein Wort zwischen ihnen gefallen war. Die Übermüdung und die Gedanken an die Ereignisse der Nacht ließen sie stumm dasitzen. Hinter den Fenstern deutete sich im Osten eine schwache Dämmerung an, als Sattler zur Tür herein kam.

»Wie geht es Grabbe?« Die Stimme des Technikers erschien Walde und Gabi, die vor sich hingedöst hatten, entschieden zu laut.

Gabi schüttelte den Kopf. »Unverändert, er liegt im Koma und muss weiter beatmet werden.«

Walde richtete sich auf und versuchte wach zu werden. »Habt ihr Spuren von Konrad Holbach gefunden?«

»Leider nichts, weder an Grabbes Auto noch am Benzinkanister«, antwortete Sattler. »Was haben die Vernehmungen gebracht?«

Gabi schenkte Kaffee aus einer Thermoskanne in eine Tasse und reichte sie dem Techniker. »Lydia Holbach hat gestanden, Gerhard Roth auf die gleiche Weise betäubt zu haben, wie sie es heute bei Grabbe praktiziert hat. Gegen Morgen mussten wir einen Arzt rufen. Sie scheint hochgradig medikamentenabhängig zu sein.«

»Was sagt ihr Mann?«, fragte Sattler.

»Konrad Holbach will vor dem Eintreffen seines Anwalts keinerlei Aussagen machen.« Gabi schenkte eine weitere Tasse Kaffee ein und reichte sie an Meyer weiter. »Und bis der hier ist, das kann noch dauern.«

Draußen war ein helles Knattern zu hören. Sattler schaute aus dem Fenster. »Ich bin dann mal weg.«

Gabi trat ebenfalls ans Fenster. »Rat' mal, wer gerade mit der Vespa in den Hof gefahren ist und unseren Glückspilz Sattler abholt.«

*

Es wurde zehn Uhr, bis die Vernehmung von Konrad Holbach beginnen konnte. Im Gegensatz zu Meyer, Gabi und Walde, die übernächtigt wirkten und deren Kleidung noch Spuren des nächtlichen Einsatzes im Moselvorland aufwies, wirkten Polizeipräsident Stiermann und Anwalt Niko Haupenberg gepflegt und schick, wie aus dem Ei gepellt.

Haupenberg schien sich gleich zu Beginn zu einer Erklärung genötigt. »Zum Tauchen bevorzuge ich wärmere Regionen, aber es ist für mich Ehrensache, den Club in juristischen Fragen zu beraten.«

Der Dünkel im Ton des Anwalts amüsierte Walde für gewöhnlich, aber heute nervte er ihn.

»Aber kommen wir zur Sache«, fuhr Niko Haupenberg mit erhobener Stimme fort. »Was haben Sie meinem Mandanten vorzuwerfen?«

»Beihilfe zum Mord«, sagte Walde. »Lydia Holbach hat die Tat bereits gestanden. Um einen vermeintlich kleinen Fehler ihres Mannes zu vertuschen, wurde ein weiterer gemacht«, sagte Walde, »und das Ganze hat sich letztlich von einem Rufmord zu einem Mord ausgewachsen.«

»Wir bedauern sehr, was sich ereignet hat und hoffen, dass es Ihrem Kollegen bald wieder besser geht.« Haupenberg rückte die Manschetten seines Hemdes zurecht. »Herr Holbach wird vorerst von seinem Recht auf Aussageverweigerung Gebrauch machen. Ich muss darauf bestehen, meinen Mandanten mitzunehmen.«

Waldes Stimme blieb gelassen. »Aus meiner Sicht ist Beihilfe zum Mord durchaus ein Grund, Herrn Holbach dem Haftrichter vorzuführen.«

»Sollten Sie entsprechende stichhaltige Beweise haben, bleibt Ihnen das unbenommen«, bemerkte der Anwalt spitz.

»Sie können versichert sein, dass die Ermittlungen weiterlaufen«, sah sich Polizeipräsident Stiermann zu sagen genötigt und erntete ein Schulterzucken der Gegenseite.

Gabi und Walde verließen als Letzte den Raum.

»Ich kann es nicht fassen, dass wir den Kerl laufen lassen müssen. Da ist noch nicht das letzte Wort gesprochen«, regte sich Gabi auf. »Aber nun freue ich mich nur noch auf eins: mein Bett.«

»Das muss bei mir noch warten«, sagte Walde. »An einem Sonntag tagsüber in unserer Wohnung schlafen zu wollen, ist absolut illusorisch.«

»Ich würde dir ja Asyl gewähren«, Gabi schaute auf die Uhr, »aber ich habe noch was zu erledigen. Weißt du zufällig eine Apotheke, die heute geöffnet hat?«

»Was fehlt dir denn, wenn ich fragen darf?«

»Nichts«, antwortete sie.

»Und was willst du dann in der Apotheke?«

»Was wissen.«

Walde war plötzlich wieder hellwach. »Warum dir morgens manchmal schlecht ist?«

Sie lächelte ihn an und wiegte den Kopf.

… DIE MOSELKRIMIS

Kommissar Walde sieht alarmierende Anzeichen dafür, dass ein Psychopath, der vor Jahren die kleine Nicole tötete, wieder aktiv wird. Besteht eine Verbindung zu dem längst abgelegten Fall »Akte Mosel« oder jagt er ein Phantom?

1. Fall, erschienen 1999, 288 Seiten
ISBN 978-3-924 631-90-1
€ 8,90

Mysteriöse Drohungen, hochgradig vergiftete Zigaretten, der Chef der Wachmannschaft verschwindet – ein Zigarettenkonzern wird im großen Stil erpresst. Geht es um Geld oder steckt Rache dahinter?

2. Fall, erschienen 2000, 224 Seiten
ISBN 978-3-924 631-99-4
€ 8,90

Ein Frachter rammt die Moselbrücke bei Mehring und sinkt. Kommissar Walde macht im Rumpf des Wracks eine grausige Entdeckung – fünf illegale Einwanderer waren in einen Container eingesperrt. Die Spur führt zu einer Klinik in die Eifel.

3. Fall, erschienen 2001, 270 Seiten
ISBN 978-3-935 281-02-7
€ 8,90

Ein Promi aus der Trierer Geschäftswelt liegt ermordet auf der Moselinsel unter der Kaiser-Wilhelm-Brücke. Kommissar Walde und seine Kollegin Gabi stoßen bei ihren Ermittlungen auf einen Sumpf aus Korruption und Vetternwirtschaft.

4. Fall, erschienen 2002, 280 Seiten
ISBN 978-3-935 281-08-9
€ 8,90

Eigentlich hat Kommissar Walde Urlaub. Doch der Mord an einer Studentin macht ihm einen Strich durch seine persönlichen Planungen. Sie war die Freundin eines windigen Immobilienhais und die Tochter eines angesehenen Trierer Richters, der bald darauf in einen Justizskandal verwickelt wird ...

5. Fall, erschienen 2003, 256 Seiten
ISBN 978-3-935 281-21-8
€ 8,90

Die Verantwortlichen haben die Drohung bis zuletzt nicht ernst genommen. Jetzt ist keine Evakuierung der Großveranstaltung in der Trierer Innenstadt mehr möglich. Ein terroristischer Anschlag steht unmittelbar bevor. Ein nervenzerreißender Wettlauf mit der Zeit beginnt.

6. Fall, erschienen 2004, 256 Seiten
ISBN 978-3-935 281-31-7
€ 8,90

Exponate von unschätzbarem Wert werden aus der Domschatzkammer geraubt. Hat der Gärtner des Domkapitulars dafür sein Leben lassen müssen? Überraschend mischen sich Salvatore Montalbano, Kay Scarpetta, Siggi Baumeister, Kurt Wallander, Guido Brunetti und Hanne Wilhelmsen in die Ermittlungen ein.

7. Fall, erschienen 2005, 256 Seiten
ISBN 978-3-935 281-44-7
€ 8,90

Ein Toter in der winterstarren Eifel: ermordet, Identität unbekannt. Die Spuren führen in das Milieu der Raubgräber. Der Roman lotet die Grenzen zwischen Fakt und Fiktion aus. Kommissar Walde macht die lebensnahe Bekanntschaft von Quintus, einem Hunde-Dickkopf.

8. Fall, erschienen 2006, 256 Seiten
ISBN 978-3-935 281-49-2
€ 8,90

Ein nächtlicher Unfall auf einer Großbaustelle in Triers City gibt Walde Rätsel auf. Besteht ein Zusammenhang mit der Leiche, die später an der Römerbrücke entdeckt wird? Die Spuren führen zu einem ehemaligen Minensuchboot und zu einem Tangoclub.

9. Fall, erschienen 2007, 256 Seiten
ISBN 978-3-935 281-56-0
€ 8,90

Kurz nach seinem gefeierten Auftritt bei den Antikenfestspielen wird ein weltberühmter Bariton tot in den Gängen des Amphitheaters aufgefunden. Kommissar Walde stößt auf ein dichtes Netz aus Intrigen und Eitelkeiten und gerät selbst in Gefahr ...

10. Fall, erschienen 2009, 256 Seiten
ISBN 978-3-935 281-64-5
€ 8,90